U0065827

中村老師教你
100%攻略句子填空、段落填空!

User's Guide
本書的 **使用說明**

本書專為新制多益閱讀的第5大題（句子填空）、第6大題（段落填空）設計，依其常見、出題頻率較高的題型進行解題技巧分析，建議讀者按頁次順序閱讀，能更有效利用本書，達到高分成果！

Step 1. 了解出題趨勢概要

在進入各題型的解題說明以前，請先翻至P.010，由從未缺席多益考試的中村澄子老師給你最新、最有參考價值的出題趨勢，告訴你各題型的分配比例和題目特徵，讓你分配好答題時間，精準掌握出題方向！

先來了解一下題目大致的特徵吧！

多益閱讀
第五大題（句子填空）、
第六大題（段落填空）
取分秘技

第五、第六大題的考題內容多為文法、字彙題型，只要充分擦解第五大題的解題法，與之類似的第六大題考題也能迎刃而解。

第五、第六大題之題型為從選項中選出最適合填入空格中的詞（第六大題另有選填句子題型），這考驗的是文法及字彙的能力。2016年5月（台灣為2018年3月）多益考試做了大幅改變，第五大題從40題減少為30題，而第六大題從12題增加到16題，兩大題合計共佔閱讀部分100題中的46題。考生若不了解第五、第六大題出題的文法、第七大題的長文也很難讀得懂，換句話來說，不好好掌握這兩大題的內容，多益的分數是不會有所成長的。

第五大題的4～5成為考字彙、片語的題型

首先來解說第五大題。第五大題為句子填空，必須從4個選項中選出最適合填入的字彙。

若有選擇動詞、副詞的題目也算入字彙題型，第五大題的30題中就有4成半～5成為字彙、片語題型了。這些題目中的單字、片語對每天於職場接觸商用英語的考生來說可能沒有這麼困難，但對工作中接觸不到英語的考生來說就會有難度了。

學習單字、片語的重點要放在 ①過去曾出現過的題型 ②商用英語出現的用法 ③正式場合會出現的用法。

多益考試時常會反覆出現過去曾出題過的單字、片語，因此可以運用有高信賴度的多益單字書來學習。最近竟還再度出現10多年前考過的單字、片語題，真是令人感到驚訝，通常這樣的題型不是於工作場合時常使用到的重要單字，就是考生容易犯錯的單字。

另外，與會計及行銷相關的單字出題比率也年年增加，瞄準高分的考生不妨試著閱讀與之相關的簡易文章。

文法題型中有6～8題為詞性問題

第五大題中有5成多為文法題，其中又有6～8題為詞性問題。當然動詞、代名詞、連接詞、介系詞、時態、不定詞、關係代名詞及其他類題型也會出題，但大多都是一些常見的「必考題」，深刻瞭解這些文法、抓住出題趨勢並重複練習的話，你會發現多益其實沒有這麼難。

不過你若是有「啊！這是之前出現過的題型！」的想法且只看空格前後就進行解題的話，有可能反而被反將一軍喔！最近第五大題中除了詞性題型之外，建議大家還是詳細閱讀過後再進行解答。

對應方法則建議大家在充分理解本書的文法基礎和必考題的出題趨勢之後，可再以本人拙作《勁戰練習系列》（祥伝社文庫出版）進行練習。12年間每年出版，因此包含大量題目，我認為相當適合用來練習。

Step2. 針對各常見文法題型——擊破

了解多益閱讀的出題趨勢後，就能進入正題了！由中村澄子老師整理
出來的全書13篇超攻略，皆針對閱讀第5、第6大題解題時必須具備的
文法基礎、提示、該注意的陷阱等等做足說明，唯有如此才能突破多
益障礙，取得高分！

「注意！」與「小提醒」也要牢記

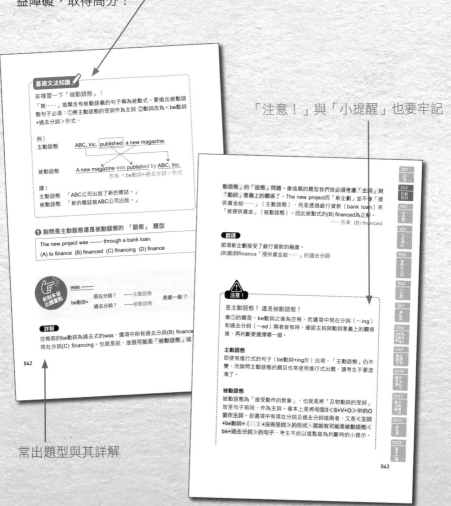

基礎文法知識

來複習一下「被動語態」！
「被……」這類含有被動語義的句子稱為被動式。要造出被動語態的必須：①將主動語態的受詞作為主詞 ②動詞改為<be動詞+過去分詞>形式。

例）
主動語態　ABC, Inc. published a new magazine.

被動語態　A new magazine was published by ABC, Inc.
　　　　　　改為＜be動詞+過去分詞＞形式

譯）
主動語態　「ABC公司出版了新的雜誌。」
被動語態　「新的雜誌被ABC公司出版。」

❶ 詢問是主動語態還是被動語態的「語態」題型

The new project was -------- through a bank loan.
(A) to finance (B) financed (C) financing (D) finance

新制多益出題重點

was --------

be動詞+ 　現在分詞？ ── 主動語態　是哪一個 !?
　　　　　 過去分詞？ ── 被動語態

詳解

空格前的be動詞為過去式的was，選項中則有過去分詞(B) finance 現在分詞(C) financing。也就是說，這很可能是「被動語態」或

042

動態」的「語態」問題。像這類的題型我們就必須考慮「主詞」與
「動詞」意義上的關係。The new project而「新企劃」並不會「提
供資金給……」（主動語態），而是透過銀行貸款（bank loan）來
「被提供資金」（被動語態）。因此被動式的(B) financed為正解。

—— 答案　(B) financed

翻譯

那項新企劃接受了銀行貸款的融資。
(B)動詞finance「提供資金給……」的過去分詞

⚠ 注意！

是主動語態？還是被動語態？
像①的題型，be動詞之後為空格，而選項中現在分詞（～ing）
和過去分詞（～ed）兩者皆有時，確認主詞與動詞意義上的關係
後，再判斷要選擇哪一個。

主動語態
即使有進行式的句子（be動詞+ing形）出現，「主動語態」仍不
變，而詢問主動語態的題目也常使用進行式出題，考生不要混
淆了。

被動語態
被動語態為「接受動作的對象」，也就是將「及物動詞的受詞」
放至句子前段，作為主詞。基本上是將句型3＜S+V+O＞中的O
當作主詞。若選項中有現在分詞及過去分詞這兩者，又是＜主詞
+be動詞+（　　）+沒有受詞＞的形式，那就有可能是被動語態＜
be+過去分詞＞的句子，考生不妨以這點做為判斷時的小提示。

043

常出題型與其詳解

Ch1
Ch2 形態變化
Ch3
Ch4 各式句型
Ch5 選擇代名詞
Ch6
Ch7
Ch8
Ch9
Ch10
Ch11
Ch12
Ch13

Step3. 用挑戰練習完美收尾

全書13篇超攻略中，中村澄子老師皆特別設計模擬題型給你，讓你擺脫「光説不練」的無效學習法，透過練習題目，不僅可以加深記憶，也能讓自己清楚學習的成果，自我反省並不斷加強！

練習題
大挑戰
1
考「詞性」的題型

1 The new housing facility is highly ------- for people with young children because of its proximity to schools.

(A) suitably (B) suit (C) suitability (D) suitable

2 It may take several weeks to interview ------- for the positions of the accounting department.

(A) applicants (B) applied (C) application (D) apply

3 The success of Harper Industries is a clear ------- of how important customer service is.

(A) indicate (B) indicative (C) indicating (D) indication

4 The exchange rate of the dollar with other currencies ------- watched by economists.

(A) close (B) closed (C) closing (D) closely

5 Due to the ------- work done by the marketing department, the company was able to increase sales by 30 percent.

(A) commendation (B) commend
(C) commendably (D) commendable

練習題

解答

1. (D)　2. (A)　3. (D)　4. (D)　5. (D)
6. (B)　7. (B)　8. (C)　9. (D)　10. (B)

詳解及翻譯

問題1.

詳解

看一眼選項，每個皆以suit-做為開頭，這時就大概可以猜到這題可能是詞性問題了。觀察一下空格前後，前方有be動詞的is，空格後又接介系詞for。be動詞之後必須接形容詞或名詞，而這裡又有副詞highly（副詞修飾形容詞，不能修飾名詞）因此正確答案為形容詞的(D) suitable。

翻譯

新的住宿設施因為離學校相當近，非常適合有年幼小孩的家長。
(D) 合適的

問題2.

詳解

看一眼選項，每個皆以appl-做為開頭，這時就大概可以猜到這題可能是詞性問題了。空格前方為及物動詞的interview，而及物動詞需要有受詞，空格中即是放入及物動詞的受詞。受詞為名詞，選項中詞性為名詞的是(A) applicants「申請人」和(C) application「申請」這兩個詞。考慮句義，答案應選擇(A)。

翻譯

會計部門的職位可能需要花上好幾週的時間來面試應徵者。
(A) 申請人

037

Preface
前言

　　我15年來從不間斷地參加了每一回的多益考試。位在東京八重洲的補習班也經營了12年以上，在這之前更曾舉辦過研討會、企業研習等，加起來自己也有將近20年的多益指導經歷了。這期間對於大幅提升以商業人士為主的多數學生成績可說是頗有貢獻。

　　多益於2016年5月（臺灣為2018年3月）進行睽違10年的改制，雖比起舊制來說增加了一些難度，但對工作上必須使用英語的人來說，這次改制的優點為包含了許多職場上實際會用到的字彙及表達。聽力部分（第1～第4大題）增加許多日常英語，而閱讀部分（第5～第7大題）則新增了不少更貼近商業正式英文表達的題型。

　　閱讀部分中的第五大題在改制初期也很少有過難的題目，但在改制一年後，不知道是不是因為第七大題難度提升，導致許多考生無法在時間內作答完畢，我認為第五大題的題目難易度有下降一些。

　　第五大題針對文法、語彙及片語出題，常出現的「必考題」也很多，出題方向不難掌握，若採取好的對策，要拿出明顯成果並非難事，可以說是相當值得下功夫學習的部分。

而第六大題除了填入句子的題型之外，其他出題題型皆與第五大題雷同，因此在學習第五大題的解題方法後也能應用到第六大題之中。

　　本書為學習有效率地解決第五、第六大題常出題之書籍，也就是要培養各位正確答出「必考題」的能力，針對不擅長文法的初學者詳細解說常見題型及基礎文法，並設定多益分數750分以下考生為目標讀者。

　　衷心期盼本書能助各位考生一臂之力。

Contents
目錄

多益閱讀
第5大題（句子填空）
第6大題（段落填空）
取分秘技

先來了解一下題目大致的特徵吧！

多益閱讀
第五大題（句子填空）、
第六大題（段落填空）
取分秘技

第五、第六大題的考題內容多為文法、字彙題型，只要充分瞭解第五大題的解題法，與之類似的第六大題考題也能迎刃而解。

　　第五、第六大題之題型為從選項中選出最適合填入空格中的詞（第六大題另有選填句子題型），這考驗的是文法及字彙的能力。2016年5月（台灣為2018年3月）多益考試做了大幅改變，第五大題從40題減少為30題，而第六大題從12題增加至16題，兩大題合計共佔閱讀部分100題中的46題。考生若不了解第五、第六大題出題的文法，第七大題的長文也很難讀得懂，換句話來說，不好好掌握這兩大題的內容，多益的分數是不會有所成長的。

第五大題的4～5成為考字彙、片語的題型

　　首先來解說第五大題。第五大題為句子填空，必須從4個選項中選出最適合填入的字彙。

　　若將選擇動詞、副詞的題目也算入字彙題型，第五大題的30題中就有4成半～5成為字彙、片語題型了。這些題目中的單字、片語對每

天於職場接觸商用英語的考生來說可能沒有這麼困難，但對工作中接觸不到英語的考生來說可就有難度了。

學習單字、片語的重點要放在 ①過去曾出現過的題型 ②商用英語出現的用法 ③正式場合會出現的用法。

多益考試時常會反覆出現過去曾出題過的單字、片語，因此可以運用有高信賴度的多益單字書來學習，最近竟還再度出現10多年前考過的單字、片語題，真是令人感到驚訝，通常這樣的題型不是於工作場合時常使用到的重要單字，就是考生容易犯錯的單字。

另外，與會計及行銷相關的單字出題比率也年年增加，瞄準高分的考生不妨試著閱讀與之相關的簡易文章。

文法題型中有6～8題為詞性問題

第五大題中有5成多為文法題，其中又有6～8題為詞性問題。當然動詞、代名詞、連接詞、介系詞、時態、不定詞、關係代名詞及其他類題型也會出題，但大多都是一些常見的「必考題」，深刻理解這些文法、抓住出題趨勢並重複練習的話，你會發現多益其實沒有這麼難。

不過你若是有「啊！這是之前出現過的題型！」的想法且只看空格前後就進行解題的話，有可能反而被反將一軍喔！最近第五大題中除了詞性題型之外，建議大家還是詳細閱讀過後再進行解題。

對應方法則建議大家在充分理解本書的文法基礎和必考題的出題趨勢之後，可再以本人拙作《勤奮練習系列》（祥伝社文庫出版）進行練習。12年間每年出版，因此包含大量題目，我認為相當適合用來練習。

單字改為正式說法再次出題

第五大題時常會將過去曾出現的「必考題」拿出來考驗大家，但比起前幾年，題目部份有愈發難以理解的趨勢，空格前後的關鍵字句也變為使用正式用法。

舉例來説，約7～8年前曾出題無數次的after long (deliberation)「經過長時間的考慮」（括弧部分為題目中的空格欄，必須從選項中選出deliberation）就在最近改為after extensive (deliberation)的型式出題了。long和extensive是意思相近的單字，但extensive較為正式，在商用英文中時常出現。類似於這樣的題目正在持續增加中。

只知道單字的單一意義及詞性仍無法解答的題型

另外還有一些題目是空格前後都使用困難的英文表現，若無法正確理解便不能正確答題。例如，are (sparsely) distributed「稀疏地分布」，若考生不知道distribute的意義為「分布」的話，接下來也選不出sparsely「稀疏地」。常在職場上閱讀大量英語的人或許很容易就理解be distributed有「分布」的意義，但如果只了解distribute所表示的「分配、分發」之意，是無法正確解題的。

像以上這樣，一個單字有許多種意思。同一個字在日常英語會話與商用英語中有不同含意的案例很多，請考生務必要注意。

不只如此，若一個單字有複數的詞性，我們也必須充分掌握住。像Position the photograph (exactly)「將照片放在正確的位置」這個題目中，句子結構為：及物動詞＜Position＞＋受詞＜the photograph＞＋（　），空格中要選擇修飾及物動詞的副詞，但大多數的人都只知道position的名詞用法，而不知道其動詞用法，而造成答題錯誤。

第五大題理想的攻略方法為：在日常中多加閱讀英文，並藉此將單字的使用方法記住。假若是沒有時間、或英文能力尚不及順暢閱讀程度的考生，則可以使用市售的單字書以英文單字→（複數的）意義→例句的順序學習，請一定要在閱讀例句之後將單字的各種含意理解清楚。

第六大題中也能使用第五大題的解題方式

第六大題為段落填空題型。與第五大題相同，必須於四個選項中選出最適合的語句填入空格。

必須注意的重點與第五大題相同，因此第五大題學習到的解題法能應用至第六大題上。而第六大題出題的文章也可以看成第七大題（長文閱讀）的簡短版，也就是說只要學習第五、第七大題的解題方法，第六大題就沒問題了。

但是第六大題仍有一些地方與第五大題不同，那便是句子填空的題型。考生必須於四個選項中選出適當的句子填入空格中。

關於第六大題的解題方式，在本書的p.213開始有詳盡解說，請務必詳閱此部分。

第五、第六大題的作答時間分配

想攻克多益閱讀部分（第五、第六、第七大題）最重要的無疑是作答時間分配。我推薦的方式為第五大題10分鐘、第六大題8分鐘的解題時間。也就是說到第六大題為止要在下午2點3分作答完畢（若聽力部分晚一分鐘結束的話為2點4分）。

因此，請不要執著於解不開的題目，標記起來往下一題前進才是更加重要。假如第五大題超過了預定的作答時間五分鐘，這很可能會導致第七大題的作答時間不足，而在留下大量未作答題目的狀況下結束考試。請一定要避免停留在「再給我一些時間可能就解出來了！」的題目上。

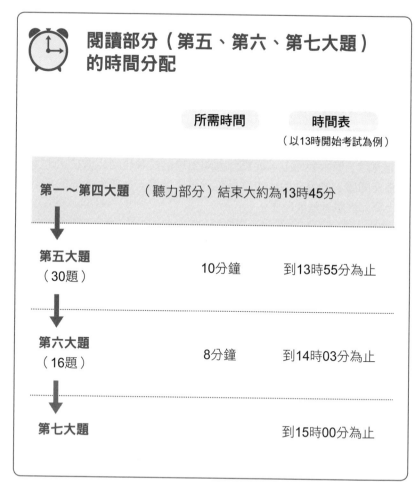

※ 聽力部分結束時間若為超過1分鐘的13時46分，這時候請將上述各大題的時間表各往後順延1分鐘，考試結束時間為15時01分。

CHAPTER 1

「詞性」題型的
100%超攻略

- 詞性的題型每次考試約出6～8題。

- 列出的選項皆相似，便極有可能是考「詞性」的題型。

- 許多題目只看空格前後即可解答。

- 考詞性的題型只要掌握住基本解答技巧便會簡單許多。請不要放過任何一題，好好的學起來吧！

來複習一下「詞性」！

名詞	人、物、事的名稱 例）dog, apple, chair
代名詞	代替名詞的詞 例）it, she, they ※詳細請見p.075
動詞	表示動作的詞 例）get, buy
形容詞	修飾名詞，表示狀態的詞 例）big, busy
副詞	修飾動詞、形容詞、其他副詞和句子整體的詞 例）really, carefully
介系詞	後面接名詞，扮演修飾角色的詞 例）at, of
連接詞	連接字與字、片語與片語、子句與子句的詞 例）and, because

基礎文法知識 ✐

五大句型是什麼？

英文的基本構造為「句型」，如以下所述，共有五個種類。這些句型不論在多益的哪個大題都是必要的解題知識，請一定要充分理解。

句型一	主詞(S)+動詞(V) 例）I worked. 「我做工作了。」
句型二	主詞(S)+動詞(V)+補語(C) 例）I am busy. 「我很忙。」

Ch1 詞性

Ch2 形態動詞

Ch3 代名詞

Ch4 不定詞 to

Ch5 關係代名詞

Ch6 介系詞

Ch7 連接詞

Ch8 去詞現分和在詞過分

Ch9 當選擇副詞適

Ch10 動介名系詞詞+

Ch11 最比高較級與

Ch12 其他類

Ch13 第6大題

句型三　主詞(S)+動詞(V)+受詞(O)

例）We discussed the issue.「我們討論了那個問題。」

句型四　主詞(S)+動詞(V)+受詞(O)+受詞(O)

例）My boss gave me a chance.「老闆給了我一個機會。」

句型五　主詞(S)+動詞(V)+受詞(O)+補語(C)

例）The project keeps me busy.「這項企劃讓我很忙。」

以上五個句型可以說是英文的骨架。

在這些句型之上再加入修飾語，便能使句子豐富許多。

例）I worked. → I worked hard. 「我努力地工作。」
　　S V　　　　 S　 V　 +修飾語（副詞）
　　句型一　　　 **句型一**

例）We discussed the issue.
　　S　　 V　　　　 O
　　　　 句型三

→ We discussed the issue at the regular meeting.
　 S　　 V　　　 O + 修飾語（介系詞＋名詞）
　　　 句型三

「我們在定期會議上討論那個問題。」

> **超重要！**

- 能作為主詞（S）的是「名詞」
- 能作為補語（C）的是「名詞」或「形容詞」
- 能作為受詞（O）的是「名詞」
- 能作為修飾語的是「形容詞」、「副詞」和「介系詞+名詞」等

選擇名詞的題型

❶ 形容詞修飾的是 「名詞」

Although C-Jay started as a small retailer, it is now a global -------
of chemical products.

(A) supplies (B) supplying (C) supplier (D) supplied

a global -------
形容詞　形容詞修飾名詞

詳解

global「全世界的」為形容詞。形容詞修飾的是名詞，因此空格中
必須放入名詞。選項中詞性為名詞的是(A) supplies「供給品」和(C)
supplier「供應商」。選擇(A) supplies「供給品」的話會變為「全世
界的供給品」，並不通順。應選(C) supplier「供應商」為「全世界的
供應商」才為正解。

──答案 (C) supplier

翻譯

雖然C-Jay從小零售商起家，現今已是世界級的化學製品供應商了。
(C) 供應商

Ch1
詞性

Ch2
形動
態詞

Ch3
代名詞

Ch4
不定詞
to

Ch5
關係代名詞

Ch6
介系詞

Ch7
連接詞

Ch8
去詞現
分和在
詞過分

Ch9
當選
副擇
詞適

Ch10
動介
名系
詞詞
＋

Ch11
最比
高較
級與

Ch12
其他類

Ch13
第6大題

⚠️ **注意！**

選擇名詞的題型中，有時選項中會有2個以上的詞為名詞，這時必須注意以下幾點：

- 意義不同的名詞 → 思考其意義做出選擇
- 同樣單字的單數、複數 → 以名詞之前是否有表示單數的a, an 或表示複數的several, some, various為準做出選擇

例）

> 不要被形容詞給騙走了！

單數

a promising applicant 「有希望的申請者」
an ideal candidate 「理想的候選人」

複數

several outstanding applicants 「數名傑出的申請者」
some qualified candidates 「一些符合條件的候選人」

2-1 選項中有兩個以上的名詞（單數或複數？）

By making a slight ------- to its packaging design, the maker was able to reduce shipping costs by 20 percent.

(A) modifications (B) modify (C) modified (D) modification

新制多益
出題重點

a slight _____

冠詞的a　　後接單數名詞

空格之前有冠詞a和形容詞slight。因為有冠詞a所以後面得接的是單數名詞。(D) modification為正解。即使我們都很清楚這是選擇被slight「微小的」修飾的名詞題型，還是很有可能在匆忙之中，沒確認冠詞a就誤選了選項(A)的modifications「修改＜複數型＞」。

——答案 (D) modification

翻譯

藉由做了一個微小的包裝設計修改，製造商能減少20%的運送費用。
(D) 修改

The school offers various study ------- in order to attract many types of students.

(A) program　(B) programed　(C) programs　(D) programming

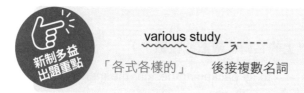

新制多益
出題重點

various study -------
「各式各樣的」　後接複數名詞

詳解

空格前放了various這個形容詞，形容詞修飾的是名詞，所以要從選項中選擇名詞。various表示「各式各樣的」，後面必須接複數名詞。因此，(C) programs「計畫＜複數型＞」為正確答案。有些考生可能在急忙的情況下會不小心選了(A) 的program，所以請務必要確認名詞之前的詞，是否有提示後面該用單數或複數名詞喔！

——答案 (C) programs

Ch1
詞性

Ch2
形動態詞

Ch3
代名詞

Ch4
不定詞 to

Ch5
關係代名詞

Ch6
介系詞

Ch7
連接詞

Ch8
去詞現分和在詞過分

Ch9
當選副擇詞適

Ch10
動介名系詞詞＋

Ch11
最比較高級級與

Ch12
其他類

Ch13
第6大題

翻譯

學校提供各式各樣的學習計畫以吸引各類型的學生。

(C)計畫

2-2 選項中有兩個以上的名詞（從意義選擇）

The ------- for the position of plant manager must have at least three personal references from previous employers.

(A) application (B) applied (C) applicants (D) applying

新制多益
出題重點

The _____ |for| the position of plant manager

for之後為修飾語（修飾名詞）

application「申請」

or

applicants「申請人」   確認

詳解

空格前的冠詞為the，而空格後直接接的是介系詞，因此就能知道空格必須填入名詞。但是許多考生在這裡會誤選(A) 的application「申請」，選項中還有其他的名詞，考慮到英文，(C) 的applicants「申請人」才是正確答案。有許多試題就像這個例題一樣，選項中有兩個以上的名詞。請考生一定要確認選項中是否有其他的名詞，若有兩個以上名詞出現時，請選擇代入後，文意通順的選項。

——答案 (C) applicants

翻譯

廠長的應徵者必須有至少三封來自前雇主的推薦信。

(C) 申請人

❸ 冠詞a和the 之後接的是「名詞」

Some banks have begun to have twenty-four hour ATM machines for the ------- of customers.

(A) convenient (B) convene (C) convenience (D) conveniently

新制多益
出題重點

the _____ of
冠詞 ⌣ 介系詞
介系詞of之後的詞修飾the_____

詳解

冠詞（a, an, the）後必須接名詞。選項中詞性為名詞的只有(C)方便性。多益考試中時常會出現如本例題，在冠詞the和介系詞之間必須放入名詞的題目。另外，選項(B)的convene為動詞，表「召集（會議）」之意。

──答案 (C) convenience

翻譯

為了顧客的方便性，有一些銀行開始設立24小時的自動櫃員機。
(C) 方便性

Ch1 詞性
Ch2 形動態詞
Ch3 代名詞
Ch4 不定詞to
Ch5 關係代名詞
Ch6 介系詞
Ch7 連接詞
Ch8 去詞現分和在詞過分
Ch9 當選擇副詞適
Ch10 動介名系詞詞+
Ch11 最比高較級與級
Ch12 其他類
Ch13 第6大題

❹ 介系詞之後接的是「名詞」

As training will be done online, computers will be assigned to ------- to their first day.

(A) recruits (B) recruit (C) recruiter (D) recruited

新制多益
出題重點

to ＿＿＿＿ ／ on
介系詞　　　介系詞

把介系詞前方都想成句義、
文法的一個段落會比較好理解

詳解

介系詞之後須連接名詞。詞性是名詞的有(A)的recruits「新進員工」和
(C)的recruiter「人員招聘部門」，但選擇(C) recruiter句義並不通順，
正確的選項為(A) recruits。recruits為new recruits省略掉new的簡寫，
這也可能會出現在單字題型中。

——答案 (A) recruits

翻譯

新人訓練將透過線上執行，因此電腦會在到職第一天就分配給新進員
工。

(A) 新進員工

• 介系詞後接名詞

例）in English 　　　　　「用英語」

on the same day 　　「在同一天」

後方也常接名詞片語

• 以＜介系詞+名詞（片語）＞的型態擔任修飾的角色

例）I made a presentation at the conference.

　　S　V　　　O　　　　　　　　修飾

　　　　【句型三】

「我在那個會議中做了簡報。」

---

❺ 及物動詞之後接作為受詞的「名詞」

The application for the new shopping center received ------- last month.

(A) approves　(B) approved　(C) approval　(D) approving

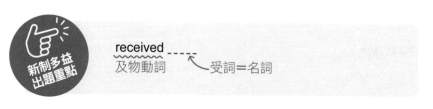

新制多益
出題重點

received
及物動詞 ← 受詞＝名詞

詳解

空格前的動詞received「收到《receive的過去式》」為及物動詞。與不及物動詞不同，及物動詞後方必須要有受詞，而能做為受詞的也是名詞。也就是說，選項中的名詞 (C) approval「同意」為正解。

——答案 (C) approval

Ch1 詞性
Ch2 形容詞動態
Ch3 代名詞
Ch4 不定詞 to
Ch5 關係代名詞
Ch6 介系詞
Ch7 連接詞
Ch8 去詞現分和在詞過分
Ch9 當選擇適副詞
Ch10 動介名詞 +
Ch11 最高級與比較級
Ch12 其他類
Ch13 第6大題

翻譯

新購物中心的申請已於上個月通過許可。

(C) 認可、許可

The company offers -------, including free transportation, housing subsidies and one month paid vacation.

(A) benefit (B) benefitted (C) benefits (D) benefitting

新制多益出題重點

offers _____, including 有三個！
① free transportation
② housing subsidies
③ and one month paid vacation

詳解

很多人會想空格中只要填入及物動詞offers的受詞，詞性為名詞的benefit就可以了，但其實這裡有一個必須要注意的重點。(A) 的benefit「利益《名詞單數形》」是錯誤的，句子中的空格之後為including A, B, and C「包含A、B和C」，因此空格中必須填入複數名詞。(C) 的benefits「利益《名詞複數形》」為正確解答，千萬別粗心大意就選了(A)喔！

——答案 (C) benefits

翻譯

那家公司提供服利包含：免費通勤、住房津貼和一個月的帶薪假。

(C) 利益

話說回來，及物動詞和不及物動詞到底是什麼？

動詞分為不及物動詞和及物動詞兩種。不及物動詞為「不需要受詞的動詞」，而及物動詞則為「需要受詞的動詞」，一個動詞也可能同時有不及物與及物兩個用法。

不及物動詞

例）He <u>contributed</u> <u>to the team's success.</u>
　　　　不及物動詞　　　　修飾語

　「他促成了團隊的成功。」

➡ 這裡的contribute「貢獻」為不及物動詞。即使只有He contributed.「他貢獻了。」也能以句型－＜主詞(S)+動詞(V)＞成立，後面的to the team's success只是補充具體貢獻事項的修飾語。在不及物動詞之後常接修飾語＜介系詞+名詞＞。

及物動詞

例）He <u>contributed</u> <u>his money</u> <u>to the local hospital.</u>
　　　　及物動詞　　　受詞　　　　修飾語

　「他捐獻了他的錢給當地的醫院。」

➡ contribute有作為及物動詞，表「捐獻」的用法，而名詞的his money「他的錢」為受詞。及物動詞若後方沒有受詞的話，句子是不成立的。

Ch1 詞性

Ch2 形動態詞

Ch3 代名詞

Ch4 不定to

Ch5 關係代名詞

Ch6 介系詞

Ch7 連接詞

Ch8 去詞現分和在詞過分

Ch9 當選副擇詞道

Ch10 動介名系詞詞+

Ch11 最比高較級級與

Ch12 其他類

Ch13 第6大題

選擇形容詞的題型

❻ be動詞之後接續「名詞」或「形容詞」

E-banking is ------- for people who are pressed by work during the daytime.

(A) convenience (B) convenient (C) conveniently (D) convene

新制多益
出題重點

E-banking is ------- 後接作為補語的名詞或形容詞
主詞　be動詞

詳解

句子中若包含介系詞及關係代名詞，乍看之下好像難度很高，但其實將介系詞for之前區隔開來看，就能發現是簡單的句型二＜主詞(S)+動詞(V)+補語(C)＞用法。選項中必須選擇能作為補語的詞，而能做為補語的詞性為名詞及形容詞，也就是名詞(A) convenience「方便性」和形容詞(B) convenient「方便的」，然而，E-banking「網路銀行」與「方便性」並沒有相等關係，因此(A)非正解。本題空格必須填入表達網路銀行特質的形容詞，(B) convenient，即為正解。

——答案 (B) convenient

翻譯

E-banking（網路銀行）對日間忙於工作的人們來說非常方便。
(B)方便的

有時be動詞後會多了一個副詞，導致不容易發現到其實是＜be動詞+形容詞＞的形式，建議大家先把副詞括弧起來，並著重於觀察無括號的部分。

例）Its sales <u>are</u> (now) <u>equal</u> to its top rival.

     be動詞 副詞 形容詞

     「現在那項產品的銷售額與頭號對手企業相等。」

選擇副詞的題型

❼ 修飾動詞的是「副詞」

Because of the decline in sales, the company decided to ------- suspend the employment.

(A) temporal (B) temporarily (C) temporality (D) temporary

詳解

空格後的suspend是相當大的提示。suspend是表「中止」的動詞，而~~修飾動詞的詞稱之為副詞~~，只要從選項中選出副詞即為正解，因此選擇(B) temporarily「暫時地」。

——答案 (B) temporarily

Ch1
詞性

Ch2
形動態詞

Ch3
代名詞

Ch4
不定詞to

Ch5
關係代名詞

Ch6
介系詞

Ch7
連接詞

Ch8
去詞現在分和過分詞

Ch9
當選擇副詞適

Ch10
動介名系詞詞+

Ch11
最高比較級與級

Ch12
其他類

Ch13
第6大題

翻譯

由於銷售額的減少，那間公司暫時中止雇用員工。

(B)暫時地

基礎文法知識

修飾動詞的副詞該放在哪裡？

若修飾的是不及物動詞的話放在「動詞之後」，而修飾及物動詞的擺放順序原則上是＜及物動詞+受詞+副詞＞。不過，副詞其他詞性不同的是，其擺放位置是有彈性的。多益曾出現過以下4種類的擺放順序。

不及物動詞

● **原則** 動詞之後

talk **directly** to him

  動詞 副詞

● 動詞之前

directly talk to him

  副詞 動詞

「直接地跟他説」

及物動詞

● **原則** 動詞+受詞+副詞

review the report **completely**

 動詞   受詞   副詞

● 動詞之前

completely review the report

  副詞   動詞 受詞

「完整地檢查報告」

副詞只是附贈的裝・飾・品！

副詞除了修飾動詞之外，還能修飾形容詞、副詞、副詞子句，甚至句子整體。但即使沒有副詞大部分的句子也都還是能成立，可以說副詞就是「附贈的贈品」。

❽ 有時動詞部分為被動型態

The office building was ------- renovated in order to enhance shoppers' comfort.

(A) completing　(B) completeness　(C) completely　(D) completion

was ------- renovated
副詞 ﹀ 動詞的被動式
　　修飾

詳解

空格前後的**was renovated**為被動型態。但即使是被動型態，其為動詞一事仍無庸置疑，因此不需想得太過複雜，選擇能修飾動詞的副詞(C) completely「完整地、完全地」即可。

——答案　(C) completely

翻譯

為了提高購物者的舒適性，那棟商業大樓被完全地改裝了。
(C) 完整地、完全地

Ch1
詞性

Ch2
形容詞動態詞

Ch3
代名詞

Ch4
不定詞 to

Ch5
關係代名詞

Ch6
介系詞

Ch7
連接詞

Ch8
去詞現分和在詞過分

Ch9
當選詞副擇適

Ch10
動介名詞系詞 +

Ch11
最比較高級與級

Ch12
其他類

Ch13
第 6 大題

❾ 有時動詞為完成式

> Because of the internet, business transactions have ------- increased.
>
> (A) remarkable (B) remarkably (C) remark (D) remarking

新制多益
出題重點

have ------- increased
副詞 ⌣ 動詞完成式
　　修飾

詳解

只要動詞以被動型態或完成式出題，一定馬上就會有考生覺得「好難喔！」但是，不論是被動型態還是完成式，動詞的本質依舊沒變，別想得太過複雜。本題空格前後的have increased「增加」為現在完成式。而正確解答為修飾動詞的副詞(B) remarkably「明顯地、非常地」。

——答案 (B) remarkably

翻譯

因為有網路，商業交易明顯地增加了。
(B) 明顯地、非常地

⑩ 修飾形容詞的是「副詞」

Buying second-hand homes has become an ------- common way for young couples to live in urban areas.

(A) increased (B) increase (C) increasing (D) increasingly

an ------- common way
副詞⌣形容詞⌣名詞
　　修飾　　　修飾

詳解

空格之後的common「常見的」為形容詞。而修飾形容詞的是副詞，因此必須選擇(D) increasingly「越來越多地」。

——答案 (D) increasingly

翻譯

購買中古屋已經漸漸成為許多年輕夫妻居住在都市區域的常見方式。
(D) 越來越多地

Ch1
詞性

Ch2
形容詞動態

Ch3
代名詞

Ch4
不定詞 to

Ch5
關係代名詞

Ch6
介系詞

Ch7
連接詞

Ch8
去詞現分和在詞過分

Ch9
當選副詞擇適

Ch10
動介名詞系詞+

Ch11
最比高較級與級

Ch12
其他類

Ch13
第6大題

目標700分以上的你千萬不要放過！

應用篇

⓫ 用「副詞」來修飾作形容詞用的分詞

I will be transferred to the ------- renovated office in New York.

(A) recent (B) recently (C) more recent (D) recentness

新制多益
出題重點

the ------- renovated office
　　副詞　　 分詞 　名詞
　　　修飾　　 修飾

詳解

renovated「被翻新的」是修飾office「辦公室」的過去分詞，renovated office表「被翻新的辦公室」。空格中必須放入修飾renovated（過去分詞）的詞性，而分詞有形容詞的作用，所以這裡當然也得選擇副詞，也就是recently renovated office「最近被翻新的辦公室」。

——答案 (B) recently

翻譯

我即將被調職到最近剛被翻新的紐約辦公室。

(B)最近

注意！

如上頁例題，代替形容詞的分詞（現在分詞、過去分詞）一出現，很多不夠熟練文法的考生就會被題目給騙走了。現在分詞（-ing）與過去分詞（-ed）皆是動詞變化形的一種，與形容詞有一樣的作用。詳細關於分詞的介紹請見CHAPTER 8（p.151）。

小提示

字尾不接ly的副詞

雖然大多數副詞的字尾為ly，但其中還是有一些字尾不為ly的例外。

例）

often	「時常」	seldom	「很少」
very	「非常」	well	「很好地、充分地」
now	「現在」	soon	「很快地」
already	「已經」	just	「正好、只是」
still	「仍舊」		
yet	「《用於否定句》還沒、《用於疑問句》已經」		

Ch1 詞性

Ch2 形容態詞

Ch3 代名詞

Ch4 不定詞 to

Ch5 關係代名詞與

Ch6 介系詞

Ch7 連接詞

Ch8 去詞現和在分詞過分

Ch9 當選副擇詞適

Ch10 動介名詞系詞＋

Ch11 最比較級與高級

Ch12 其他類

Ch13 第6大題

練習題 大挑戰 1

考「詞性」的題型

1 The new housing facility is highly ------- for people with young children because of its proximity to schools.

(A) suitably (B) suit (C) suitability (D) suitable

2 It may take several weeks to interview ------- for the positions of the accounting department.

(A) applicants (B) applied (C) application (D) apply

3 The success of Harper Industries is a clear ------- of how important customer service is.

(A) indicate (B) indicative (C) indicating (D) indication

4 The exchange rate of the dollar with other currencies is ------- watched by economists.

(A) close (B) closed (C) closing (D) closely

5 Due to the ------- work done by the marketing department, the company was able to increase sales by 30 percent.

(A) commendation   (B) commend
(C) commendably   (D) commendable

6 The domestically brewed beer and organic wine selections were so ------- that they have been added to the regular beverage menu.

(A) popularize (B) popular (C) popularity (D) popularly

---

7 Consultants initially research the needs of each client ------- and then pool the results to decide on a course of action.

(A) individuals   (B) individually
(C) individualize   (D) individuality

---

8 The first speaker must start ------- at 10 A.M. to ensure that all presenters can complete their talks before the lunch break.

(A) prompt (B)promptness (C) promptly (D) prompting

---

9 The board of directors announced their ------- regarding the selection process of the next chief Human Resources officer.

(A) concluded   (B) conclusive
(C) conclusions   (D) concluding

---

10 The ------- of electronic devices such as cell phones and wireless headphones is strictly prohibited during take-off and landing.

(A) useful (B) use (C) usefully (D) used

練習題

Ch1
詞性

Ch2
形動態詞

Ch3
代名詞

Ch4
不定詞to

Ch5
關係代名詞

Ch6
介系詞

Ch7
連接詞

Ch8
去詞現分和在詞過分

Ch9
當選副詞擇詞適

Ch10
動介名系詞詞＋

Ch11
最比較級與高級

Ch12
其他類

Ch13
第6大題

解答

1. (D)　2. (A)　3. (D)　4. (D)　5. (D)
6. (B)　7. (B)　8. (C)　9. (C)　10. (B)

詳解及翻譯

問題1.

詳解

看一眼選項，每個皆以suit-做為開頭，這時就大概可以猜到這題可能是詞性問題了。觀察一下空格前後，前方有be動詞的is，空格後方又接介系詞for。be動詞之後必須接形容詞或名詞，而這裡又有副詞highly（副詞修飾形容詞，不能修飾名詞）因此正確答案為形容詞的(D) suitable。

翻譯

新的住宿設施因為離學校相當近，非常適合有年幼小孩的家長。
(D) 合適的

問題2.

詳解

看一眼選項，每個皆以appl-做為開頭，這時就大概可以猜到這題可能是詞性問題了。空格前方為及物動詞的interview，而及物動詞需要有受詞，空格中即是放入及物動詞的受詞。受詞為名詞，選項中詞性為名詞的是(A) applicants「申請人」
和(C) application「申請」這兩個詞。考慮句義，答案應選擇(A)。

翻譯

會計部門的職位可能需要花上好幾週的時間來面試應徵者。
(A) 申請人

問題3.

詳解

看一眼選項,每個皆以indicat-做為開頭,這時就大概可以猜到這題可能是詞性問題了。空格前為冠詞a接著形容詞clear,空格後則為介系詞的of,冠詞a必須放於可數名詞之前,但卻不見名詞身影,這就表示了空格中必須填入名詞。形容詞(clear)修飾名詞這點也再度證明空格中為名詞詞性。名詞(D) indication為正解。

翻譯

Harper產業的成功清楚證明了顧客服務有多麼重要。
(D) 表示

問題4.

詳解

看一眼選項,每個皆以clos-做為開頭,這時就大概可以猜到這題可能是詞性問題了。再看空格前後可以發現到是is watched的動詞被動式,因此空格必須放入修飾動詞的副詞(D) closely。

翻譯

美金與其他貨幣的匯率被經濟學家嚴密地監控著。
(D) 嚴密地

問題5.

詳解

看一眼選項,每個皆以commend-做為開頭,這時就大概可以猜到這題可能是詞性問題了。空格前為冠詞the,就表示了空格後的work不是動詞,而是做為名詞用。因此,空格中需填入修飾名詞的形容詞(D) commendable。

練習題

Ch1
詞性

Ch2
形容詞動態

Ch3
代名詞

Ch4
不定詞 to

Ch5
關係代名詞

Ch6
介系詞

Ch7
連接詞

Ch8
去詞現分和在詞過分

Ch9
當選擇適副詞

Ch10
動名詞＋介系詞

Ch11
最高級與比較級

Ch12
其他類

Ch13
第6大題

翻譯

因為有銷售部門令人讚賞的工作表現，那家公司的銷售額增加了
30%。
(D) 值得讚揚的

問題6.
詳解

看一眼選項，每個皆以popular-做為開頭，這時就大概可以猜到這題
可能是詞性問題了。再看空格前後，這裡使用的是so… that…「如
此～以至於……」句型。而so之後必須放入形容詞或副詞，若前方動
詞部分為be動詞時放入形容詞，一般動詞則放入副詞。此題的動詞部
分為be動詞的were，因此詞性為形容詞的(B) popular為正確答案。

翻譯

國產的精釀啤酒和有機紅酒太受歡迎，而被加入到常備菜單上。
(B) 受歡迎的

問題7.
詳解

看一眼選項，每個皆以individual-做為開頭，這時就大概可以猜到
這題可能是詞性問題了。經確認過後發現空格之前有及物動詞的
research，接續著較長的受詞the needs of each client。此及物動詞已
有受詞，且即使沒有空格中的單字，句子也能夠成立，也就是空格中
應填入副詞。修飾及物動詞的副詞(B) individually即為正解。

翻譯

顧問需在一開始就調查每一位顧客的特別需求，並統合結果以決定採
取行動的方針。
(B) 個別地

問題8.

詳解

看一眼選項，每個皆以prompt-做為開頭，這時就大概可以猜到這題可能是詞性問題了。空格之前是不及物動詞start，不及物動詞不需要受詞，因此空格中要填入的是修飾動詞的副詞，選擇(C) promptly。

翻譯

第一位講者必須準時在上午10點整開始發表，才能確保所有發表者於午休前結束各自的發表。

(C) 準時地

問題9.

詳解

看一眼選項，每個皆以conclu-做為開頭，這時就大概可以猜到這題可能是詞性問題了。空格前為代名詞所有格的their，空格之後則接續介系詞regarding「關於」。代名詞所有格必須接名詞，因此正確答案為(C) conclusions。而their conclusions為及物動詞announced的受詞。

翻譯

董事會宣布了關於下屆人事總監遴選程序的決定。

(C) 結論、決定

問題10.

詳解

看一眼選項，每個皆以use-做為開頭，這時就大概可以猜到這題可能是詞性問題了。空格前為冠詞the，空格後則為介系詞of，冠詞及介系詞之間須放入的是名詞，因此詞性為名詞的(B) use為正解。

翻譯

飛機起降時嚴禁使用如手機和無線耳機等電子設備。

(B) 使用

CHAPTER 2

注意主詞的單、複數！

「動詞形態」題型
的100%超攻略

- 若為同樣一個動詞的不同形式並列於選項，即為考 「動詞形態」 的題型。

- 每回考試必出數題。

- 必須藉由整合好幾種知識才能解題的題型也很多，這類題型使用刪去法很有效果。

來複習一下「被動語態」！

「被……」這類含有被動語義的句子稱為被動式。要造出被動語態句子必須：①將主動語態的受詞作為主詞 ②動詞改為＜be動詞+過去分詞＞形式。

例）

主動語態　　ABC, Inc. published a new magazine.

被動語態　　A new magazine was published by ABC, Inc.
　　　　　　　　　　　　改為 ＜be動詞+過去分詞＞形式

譯）

主動語態　　「ABC公司出版了新的雜誌。」

被動語態　　「新的雜誌被ABC公司出版。」

❶ 詢問是主動語態還是被動語態的 「語態」 題型

The new project was ------- through a bank loan.

(A) to finance (B) financed (C) financing (D) finance

was -------

be動詞+　　現在分詞？ ——主動語態
　　　　　　過去分詞？ ——被動語態　　是哪一個 !?

詳解

空格前的be動詞為過去式的was，選項中則有過去分詞(B) financed和現在分詞(C) financing。也就是說，這很可能是「被動語態」或「主

Ch1
詞性

Ch2
形動態詞

Ch3
代名詞

Ch4
不定詞to

Ch5
關係代名詞

Ch6
介系詞

Ch7
連接詞

Ch8
去詞現分和在詞過分

Ch9
當選副詞適

Ch10
動介名系詞+

Ch11
最比較高級與

Ch12
其他類

Ch13
第6大題

動語態」的「語態」問題。像這類的題型我們就必須考慮「主詞」與「動詞」意義上的關係了。The new project而「新企劃」並不會「提供資金給……」（主動語態），而是透過銀行貸款（bank loan）來「被提供資金」（被動語態）。因此被動式的(B) financed為正解。

——答案 (B) financed

翻譯

那項新企劃接受了銀行貸款的融資。
(B)動詞finance「提供資金給……」的過去分詞

注意！

是主動語態？ 還是被動語態？
像①的題型，be動詞之後為空格，而選項中現在分詞（～ing）和過去分詞（～ed）兩者皆有時，確認主詞與動詞意義上的關係後，再判斷要選擇哪一個。

主動語態
即使有進行式的句子（be動詞+ing形）出現，「主動語態」仍不變，而詢問主動語態的題目也常使用進行式出題，請考生不要混淆了。

被動語態
被動語態為「接受動作的對象」，也就是將「及物動詞的受詞」放至句子前段，作為主詞。基本上是將句型3＜S+V+O＞中的O當作主詞。若選項中有現在分詞及過去分詞這兩者，又是＜主詞+be動詞+（　）+沒有受詞＞的形式，那就有可能是被動語態＜be+過去分詞＞的句子，考生不妨以這點做為判斷時的小提示。

但以上判斷方式也是有例外，因此最終請還是以主詞及動詞意義間的關係來判斷吧！

例）句型3的句子

主動語態

The company investigated the matter.

S V O

被動語態

The matter was investigated by the company.

S V

O（主詞）　　　　　這裡沒

放至句首　　　　　有受詞

譯）

主動語態　「公司調查那個問題。」

被動語態　「那個問題被公司調查。」

這之中的例外則是英文本來在句型4（S+V+O+O）時，受詞因為有兩個，即使成為了被動語態，後方依舊留有受詞。不過這部分在目標850分以上時再加以精通就行了。

Ch1
詞性

Ch2
形動態詞

Ch3
代名詞

Ch4
不定詞 to

Ch5
關係代名詞

Ch6
介系詞

Ch7
連接詞

Ch8
去詞現分和在詞過分

Ch9
當選副擇詞適

Ch10
動介名系詞詞+

Ch11
最比高較級與級

Ch12
其他類

Ch13
第6大題

基礎文法知識 ✐

「助動詞」之後為原形動詞！

主要的助動詞

will	將……；要……
can	能……
should	應該……；應當……
must	必須……；一定是……
may	可能……

 } + 原形動詞

❷ 助動詞之後為原形動詞

The tenant must completely ------- the premises before the end of the month.

(A) vacating (B) vacated (C) vacate (D) vacant

新制多益
出題重點

<u>must (completely) -------</u>
助動詞　陷阱　原形動詞

詳解

must等助動詞之後接原形動詞。因此原形動詞的(C) vacate「搬出（家）」為正確解答。而像本例題這樣，助動詞之後先接了一個副詞（completely）的陷阱題也會出現於考試中，這時為了不要混淆，請將其加上括弧吧！

——答案 (C) vacate

翻譯

住戶必須在本月底前搬出住宅。
(C)動詞vacate「搬出（家）」的原形

「第三人稱單數・現在式」的s

主詞為第三人稱單數，動詞時態又為現在式時，動詞必須加上-s/es。

例・現在時態）

Taro teaches English.　主詞為第三人稱單數，動詞必須加上-s/es
I teach English.　　　主詞為第一人稱，動詞不變
They teach English.　主詞為複數，動詞不變

❸ 主詞與動詞一致 （當主詞為第三人稱單數時）

This model ------- all the details of the original automobile produced in the 1960's.

(A) capture　(B) captures　(C) capturing　(D) to capture

新制多益
出題重點

This model -------
主詞（第三人稱單數）➡ 適合的述語動詞為？

詳解

這是選擇一般動詞capture「捕捉」適當動詞形式的題型。此句的主詞 This model「那個模型」為單數形，因此不能使用複數形才能接的(A) capture。另外，述語部分不能單放(C) capturing（現在分詞）和(D) to capture（不定詞），因此正確答案為動詞使用第三人稱單數現在式、加上-s的(B) captures。而in the 1960's之前的produced則為從後方修飾名詞automobile「汽車」的過去分詞。

——答案 (B) captures

Ch1
詞性

Ch2
形動
態詞

Ch3
代名
詞

Ch4
不定
詞to

Ch5
關係代
名詞

Ch6
介系
詞

Ch7
連接
詞

Ch8
去詞現
分和在
詞過分

Ch9
當選
副擇
詞適

Ch10
動介
名系
詞詞+

Ch11
最比
高較
級與
級

Ch12
其他
類

Ch13
第6
大題

翻譯

這個模型捕捉到了1960年代生產的原型汽車的所有細節。

(B) 動詞capture 「捕捉」的現在形

The company president ------- all shareholders at the end of the meeting.

(A) greet (B) greeting (C) is greeting (D) are greeting

新制多益
出題重點

The company president -------

主詞（第三人稱單數）➡ 適合的述語動詞為？

詳解

此句主詞為The company president「那個公司的董事長」為單數形。因此，得接複數形的(A) greet及(D) are greeting不可填入空格。而述語部分則不能(B) greeting這樣的現在分詞。正確解答為帶有與第三人稱單數主詞相對應be動詞(is)的現在進行式(C) is greeting。進行式可以用來表達未來的預定或計畫，這裡使用的進行式表示「未來的預定」。

——答案 (C) is greeting

翻譯

那間公司的董事長將在會議結尾問候所有股東。

(C)動詞 greet 「問候」的現在進行式

注意陷阱題

「主詞與動詞一致的題型」中，時常出現陷阱題。以下是幾種常見的模式。

1. 使用介系詞將主詞部分拉長，使真正的主詞很難被發現
2. 使用關係代名詞將主詞部分拉長，使真正的主詞很難被發現
3. 使用分詞將主詞部分拉長，使真正的主詞很難被發現
4. 主詞是第三人稱時，刻意將正確答案設定為過去式

接下來使用具體的例句來向大家介紹以上1～4項陷阱題模式

4-1 主詞與動詞一致（使用介系詞當陷阱）

The proposal of acquiring the company to attract new investors ------- discussing at the shareholders meeting.

(A) are worth (B) is worth (C) worth (D) being worth

The proposal
主詞（第三人稱單數）　　　　　　　　　　主詞部分
(of acquiring the company to attract new investors)
介系詞句（修飾主詞）

------- discussing
作為述語的動詞

主詞為第三人稱單數，因此作為述語的動詞也要改為相對應的形式

Ch1
詞性

Ch2
形動
態詞

Ch3
代名詞

Ch4
不定詞 to

Ch5
關係代名詞

Ch6
介系詞

Ch7
連接詞

Ch8
去詞現
分和在
詞過分

Ch9
當選
副擇
詞適

Ch10
動介
名系
詞詞
+

Ch11
最比
高較
級與

Ch12
其他
類

Ch13
第
6
大
題

詳解

例題中沒有作為述語的動詞，因此我們就可以知道空格中必須填入述語動詞。be worth doing是表「值得做……」的慣用表現。成為後補答案的有(A) are worth和(B) is worth，但作為主詞的名詞The proposal為單數，因此be動詞也必須對應單數名詞，選擇(B) is worth為正解。

——答案 (B) is worth

翻譯

以購得那間公司來吸引新投資者的提議值得在股東會上討論一番。
(B) be動詞 is + 形容詞worth「值得」

注意！

有不少考生會無法發現The proposal是真正主詞，而誤認主詞為 ------- 前方的new investors「新投資者《複數名詞》」並選擇了 (A)。這就是以介系詞加長主詞部分使主詞不易被找到的陷阱題。

4-2 主詞與動詞一致（使用關係代名詞當陷阱）

All interns who are accepted by the firm ------- two weeks to confirm their participation in the program.

(A) giving (B) to give (C) are given (D) is given

新制多益
出題重點

主詞部分

All interns　　who are accepted by the firm
主詞（複數）　關係代名詞（修飾主詞）

------ two weeks
作為述語的動詞

主詞為複數，因此作為述語的動詞
也要改為相對應的形式

詳解

題目的述語部分沒有動詞，因此我們可以知道空格中要填入述語動詞。主詞為All interns「所有的實習生《複數名詞》」，而關係代名詞who之後的內容則用來修飾All interns。主詞All interns為複數，因此(D) is given「被給予《使用be動詞的第三人稱單數is》」不可填入，應選擇對應be動詞及複數名詞主語的(C) are given為正確答案。

──答案　(C) are given

翻譯

那間事務所給予錄取的所有實習生兩週的時間確認是否參加計畫。
(C)動詞give「給予」的被動式

注意！

沒發現主詞為All interns，誤認空格之後的the firm「那間事務所《單數名詞》」是主詞而選擇(D)的考生是有的。這是以關係代名詞加長主詞部分，並以此混淆大家真正主詞的陷阱題。

Ch1
詞性

Ch2
形動態詞

Ch3
代名詞

Ch4
不定詞to

Ch5
關係代名詞

Ch6
介系詞

Ch7
連接詞

Ch8
去詞現分和在詞過分

Ch9
當副詞選擇適

Ch10
動介名系詞詞+

Ch11
最比高較級與

Ch12
其他類

Ch13
第6大題

4-3 主詞與動詞一致（使用分詞當陷阱）

> Researchers dedicated to the scientific project ------- for grants.
>
> (A) compete (B) competitive (C) competing (D) competes

新制多益出題重點

主詞部分

Researchers　dedicated to the scientific project　-------
主詞（複數）　　分詞（修飾主詞）　　　　　　　作為述語
　　　　　　　　　　　　　　　　　　　　　　　　的動詞

主詞為複數，因此作為述語的動詞
也要改為相對應的形式

詳解

與4-1、4-2相同，這是得選擇長的主詞部分後方，作為述語的動詞題型。compete for表「為了……競爭」作為候補的選項有(A) compete「競爭《原形／現在式》」及(D) competes「競爭《第三人稱單數》」，主詞Researchers「研究員們」為複數，因此空格不能填入(D)。請別將空格前的the scientific project「那項科學計畫《單數名詞》」誤認為主詞而選擇了(D)。

——答案 (A) compete

翻譯

專心致志於那項科學計畫的研究員們為了補助金在競爭著。

(A)動詞compete「競爭」的現在式《主詞為複數時》

注意！

4-1使用介系詞、4-2使用關係代名詞來增長主詞部分，並誘發考生的錯誤，4-3則是使用過去分詞（dedicated）來加長主詞部分。考生容易忽略主詞Researchers，反而將空格正前方的the scientific project「那項科學計畫《單數名詞》」誤認為主詞而選了錯誤的(D)選項。這便是以分詞加長主詞部分，讓主詞不容易被發覺的陷阱題。

4-4 主詞與動詞一致（使用時態當陷阱）

The young sales lady ------- advising her customers on their purchases.

(A) enjoy　(B) enjoying　(C) enjoyed　(D) be enjoyed

The young sales lady -------
第三人稱單數　　作為述語的動詞

詳解

句中沒有作為述語的動詞，因此我們可以知道空格就是要填入述語動詞。作為後補的選項有(A)enjoy「喜愛《原形／現在式》」和(C)enjoyed「喜愛《過去式》」。但由於主詞The young sales lady「那名年輕的女銷售員」為第三人稱單數，空格不可填入(A)，因主詞若為第三人稱單數，動詞必需改為enjoys。也就是說，選擇過去式的(C)enjoyed為正確答案。

——答案　(C) enjoyed

Ch1 詞性

Ch2 形動態詞

Ch3 代名詞

Ch4 不定to詞

Ch5 關係代名詞

Ch6 介系詞

Ch7 連接詞

Ch8 去詞現分和在詞過分

Ch9 當選副擇詞適

Ch10 動介名系詞詞+

Ch11 最比較高級級與

Ch12 其他類

Ch13 第6大題

翻譯

那名年輕的女銷售員喜愛在客人購物時給予建議。

(C) 動詞enjoy「喜愛」的過去式

注意！

即使知道了主詞為The young sales lady（第三人稱單數），但因為腦中只有現在式，選項又沒有enjoys，一陣恐慌下，便不得已選擇(A) enjoy然後犯錯……這是時常出現的失敗模式。請記住空格中也有可能填入過去式。另外，也別忘了及物動詞enjoy的受詞不可接to不定詞，必須得接名詞或動名詞（～ing），在本題中受詞部分也是以動名詞（advising）接續。

❺ 祈使句用動詞原形

Please ------- through the attached draft carefully before our next meeting.

(A) read (B) reading (C) be read (D) to read

Please -------

　　接動詞原形！

⬆ please為祈使句句首或句尾常接的副詞

詳解

從句首的Please可以得知此句為祈使句。祈使句必須使用動詞原形，因此正確答案為(A) read。雖然(C) be read也是原形動詞，但此用法為被動式，不符合語意所以不予使用。

——答案 (A) read

請在下次會議之前小心地瀏覽過附件的草稿。

(A)動詞read「閱讀」的原形

小提示

沒加上Please的祈使句也可能出現在題目中，這時一樣也是填入原形動詞。若在句首沒看見主詞，就是以原形動詞開頭的模式，請考生也將這點記起來。

例）<u>Use</u> a secure line to reduce the risk of data leaks.
　　原形動詞

「使用安全的線路降低數據洩漏的風險。」

6-1 時態的題型（過去式①）

The motor vehicle laws ------- effect ten years ago.

(A) take　(B) takes　(C) is taken　(D) took

------- effect ten years ago
動詞　　　「10年前」◀表示過去的一個時間點
（過去式）

詳解

有像～ ago這樣表達過去一個時間點的表現時，動詞使用過去式。因此，**(D) took**為正確答案。而take effect為「實行（法律）」之意，請記起來。

——答案 (D) took

Ch1
詞性

Ch2
形容詞動詞態

Ch3
代名詞

Ch4
不定詞to

Ch5
關係代名詞

Ch6
介系詞

Ch7
連接詞

Ch8
去詞現分和在詞過分

Ch9
當選擇適詞副詞

Ch10
動介名系詞詞＋

Ch11
最比高較級與級

Ch12
其他類

Ch13
第6大題

翻譯

那項機動車輛法律從十年前開始實行。

(D) 動詞take的過去式

6-2 時態的題型（過去式②）

Mr. Davis had been a dedicated member of our negotiating team until he ------- last year.

(A) retire (B) retires (C) is retiring (D) retired

新制多益出題重點

until he ------- last year
動詞 〜 「去年」 ←表示過去的一個時間點
（過去式）

詳解

句子最後使用last year「去年」這個詞表示過去的一個時間點。因此，until之後的動詞部分必須選擇過去式(D) retired「退休」為正解。

——答案 (D) retired

翻譯

Davis先生在去年退休之前，都是我們交涉團隊的專任團員。

(D)動詞retire「退休」的過去式

6-3 時態的題型（未來時態①）

Our office ------- to the new building next month.

(A) moves (B) moved (C) will move (D) moving

Our office ------- next month
動詞（未來式）　「下個月」←表示未來

詳解

有像next month這樣表達未來的用法時，動詞必須使用未來式。未來式使用＜will+原形動詞＞的形式表示，(C) will move為正解。

——答案 (C) will move

翻譯

我們的辦公室將在下個月搬到新大樓。
(C) 動詞move「移動」的未來式

6-4 時態的題型（未來時態②）

The president participated in the important meeting held in France and ------- back in five days.

(A) comes　(B) has come　(C) will come　(D) coming

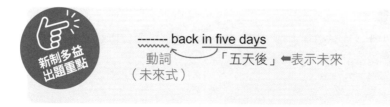

------- back in five days
動詞（未來式）　「五天後」←表示未來

詳解

句尾使用了in five days這個表現，這裡的介系詞in表達的是「在……之後」，所以in five days就是「在五天後」的意思。這時動詞部分必須使用未來式，為未來時態＜will+原形動詞＞的(C) will come為

Ch1
詞性

Ch2
形容詞
動態

Ch3
代名詞

Ch4
不定詞
to

Ch5
關係代名詞

Ch6
介系詞

Ch7
連接詞

Ch8
去詞現
分和在
詞過分

Ch9
當選
副擇
詞適

Ch10
動介
名系
詞詞
+

Ch11
最比
高較
級級
與

Ch12
其他類

Ch13
第6
大題

正解。

──答案 (C) will come

翻譯

董事長參加了在法國舉行的重要會議，且將在五天後回來。
(C)動詞come「來到」的未來式

小提示

介系詞in意外的使用方式
in有各式各樣的意義，其中一個意思為「（以現在為起點）在……之後」，表《經過的時間》，此時使用的in時態為未來式。

例）The sales manager **will hold** the seminar in two days.
「業務經理將於兩天後舉辦研討會。」

in ～ days與in ～ years等用法曾經出題過許多次，請考生一定要注意。

6-5 時態的題型（現在完成式）

The company ------- a worldwide reputation over the past 3 years.

(A) will gain (B) gained (C) has gained (D) had gained

The company ------- over the past 3 years
動詞   「過去三年以來」
（現在完成式）   ↑表示一段期間

詳解

從句中有表達到現在為止《一段期間》的over the past 3 years「過去三年以來」可以判斷出時態必須用現在完成式。因此表現在完成式＜has+過去分詞＞的(C) has gained為正確答案。使用has則是因為主詞The company「那家公司」為第三人稱單數。

——答案 (C) has gained

翻譯

那家公司在過去三年以來贏得國際的好名聲。
(C)動詞 gain「獲得」的現在完成式

6-6 時態的題型（未來完成式）

Mr. Hirose ------- climate change for forty years by the time he retires in 2025.

(A) has researched   (B) will research

(C) will have researched   (D) had researched

for forty years   by the time he retires in 2025
40年之間   到他2025年要退休時
↑表示一段期間   ↑表示未來的一個時間點
↓
動詞為「未來完成式」

Ch1
詞性

Ch2
形容詞動詞

Ch3
代名詞

Ch4
不定詞to

Ch5
關係代名詞

Ch6
介系詞

Ch7
連接詞

Ch8
去詞和分詞現在分詞與過去分詞

Ch9
當副詞選擇適

Ch10
動名詞介系詞+

Ch11
最高級與比較級

Ch12
其他類

Ch13
第6大題

詳解

by the time S+V「到……的時後」為關鍵點。像這樣有「未來的一個時間點」的表現又加上有表達一段期間的for forty years「40年間」，這時符合的時態為表示「（到未來某個時間點為止）即將完成」的未來完成式＜will have+過去分詞＞，因此選項(C) will have researched為正確答案。

——答案 (C) will have researched

翻譯

Hirose先生到2025年退休為止，就研究40年的氣候變遷了。
(C)動詞research「研究」的未來完成式

應用篇

基礎文法知識

現在完成式、過去完成式及未來完成式的基本定義

完成式有三個種類（現在、過去和未來完成式）。

現在完成式＜have[has]+過去分詞＞

此時態容易與「過去式」搞混，現在完成式最大的特點在於和「現在」的連接點。現在完成式有：「剛好完成……《完了》」、「做了……《結果》」、「曾經……《經驗》」和「持續……《持續》」四個用法。在多益考試中請特別注意與「表一段期間的語句」連用的《持續》用法。

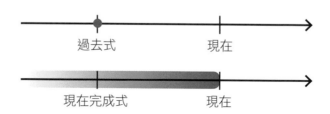

過去式與現在完成式的差異

◆過去式

I finished my presentation yesterday.

「我昨天報告完畢了。」

➡ 過去的一個時間點（yesterday）發生的事情，與現在並沒有關聯。

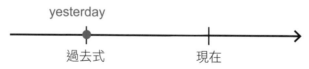

Ch1
詞性

Ch2
形動態詞

Ch3
代名詞

Ch4
不定詞to

Ch5
關係代名詞

Ch6
介系詞

Ch7
連接詞

Ch8
去詞現分和在過分

Ch9
當選副詞適擇

Ch10
動介名系詞詞＋

Ch11
最比高較級級與

Ch12
其他類

Ch13
第6大題

◆現在完成式

I have just finished my presentation.

「我剛好報告完畢。」

➡ 表示「剛好完成……《完了》」。常與just「正好」和already「已經」等副詞連用。

一直持續到現在結束（與現在有關係）

過去　　　　　　　現在

考試常出的是《持續》用法

Over the last few years, the problems caused by global warming have appeared in different places of the globe.

「這幾年以來因全球暖化而造成問題在全球各地出現。」

➡ 因為有表達一段時間的over the last few years「這數年間」，就能知道本句為現在完成式的《持續》用法。其他像是for the past decade「過去十年以來」的表現也使用現在完成式。

這數年（也包含現在）

過去　　　　　　　現在

例）

For the past decade, Don McDonald has aspired to become a partner at Jacobson & Associates law firm.

「過去十年以來，Don McDonald一直渴望成為Jacobson & Associates法律事務所的合作夥伴。」

過去十年（也包含現在）

10年前　　　　　　現在

過去完成式＜had+過去分詞＞

與現在完成式同樣有表《完了》、《結果》、《經驗》和《持續》的用法，過去完成式題型在多益考試中除了p.063的「時間不一致」問題之外，幾乎不會出題。

未來完成式＜will have+過去分詞＞

時常與表「未來某時間點」的介系詞by「在……之前」或by the time of…「到……的時候」／by the time S+V「到了做……的時候」連用。像「（到未來的某時間點為止）完成了……《完了》」或「（到未來的某時間點為止）持續……《持續》」這樣表達未來動作的完了及持續。

She <u>will have retired</u> from the pharmaceutical company by next March.

「明年三月她就已經從製藥公司退休了。」《完了》

She <u>will have worked</u> in the local pharmacy for five years by the end of this year.

「今年底她就在當地的藥局工作滿五年了。」《持續》

Ch1 詞性

Ch2 形態動詞

Ch3 代名詞

Ch4 不定詞 to

Ch5 關係代名詞

Ch6 介系詞

Ch7 連接詞

Ch8 去過分現詞詞和在分過

Ch9 當選副擇詞適

Ch10 動介名詞系詞+

Ch11 最比高較級與級

Ch12 其他類

Ch13 第6大題

❼ 時態的題型（過去完成式）

When I arrived at the train station, the train bound for New York
-------.

(A) left (B) have left (C) is leaving (D) had left

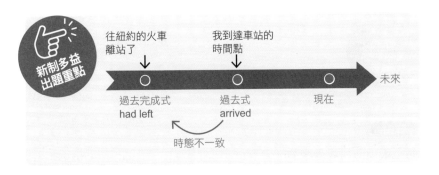

新制多益出題重點

往紐約的火車離站了 ｜ 我到達車站的時間點

過去完成式 had left　過去式 arrived　現在　未來

時態不一致

詳解

到達車站（arrived）時火車已經出發了，也就是說火車出發是更早之前的事情了。像這樣要敘述兩件在過去發生並且有所關連的事件時，先發生的事件使用「過去完成式＜had+過去分詞＞」，接著發生的事件則使用「過去式」。

——答案 (D) had left

翻譯

在我到達火車站那時，往紐約的火車已經離站了。

(D)動詞leave「出發」的過去完成式

❽ 時態的題型（以進行式表未來）

> Our office ------- to the Jenson Building on Limeridge Road next month.
>
> (A) move (B) moved (C) moving (D) is moving

新制多益出題重點

Our office ------- to   next month
           動詞   「下個月」←表未來
         （未來式）

詳解

句子最後使用表未來的next month「下個月」，因此可以知道動詞部分要使用未來式。但是，選項卻沒有will move。這時候就找找看現在進行式吧！現在進行式除了可以表示現在正在進行的動作之外，也能用來表達近期的預定計劃。所以除了will move之外，is moving也為正確答案。實際上這類題型也常作為陷阱題出現。

——答案 (D) is moving

翻譯

本公司的辦公室將在下個月搬遷至Limeridge路上的Jenson大樓。
(D)動詞move「遷移」的現在進行式

Ch1 詞性

Ch2 形容詞動態

Ch3 代名詞

Ch4 不定詞 to

Ch5 關係代名詞

Ch6 介系詞

Ch7 連接詞

Ch8 去詞現分和在詞過分

Ch9 當選擇副詞適

Ch10 動介名系詞詞+

Ch11 最比高較級與級

Ch12 其他類

Ch13 第6大題

練習題
大挑戰
2

考「動詞形態」的題型

---

1 The market survey will ------- where the next Adam Walker clothing outlet will be established.

(A) determining　(B) determined
(C) determination　(D) determine

---

2 Devices must be ------- with sufficient foam to ensure that contents are delivered to each customer undamaged.

(A) packaged　(B) packaging　(C) packages　(D) package

---

3 Please ------- the owner's manual before setting up your computer to ensure that all connections have been made according to the manufacturer's specifications.

(A) read　(B) reading　(C) to read　(D) be read

---

4 When doctor Adams ------- to her new office, the waiting room will likely be decorated by Davenport Design.

(A) will move　(B) move　(C) moving　(D) moves

---

5 Visitors are asked for their patience with regard to noise and dust levels in the main lobby while renovations ------- performed.

(A) has been (B) are being (C) was (D) will have been

6 Like other companies in the same industry, Raymond Industries ------- from the sale of construction materials after the disaster.

(A) profited (B) profitable (C) profit (D) profitably

7 A confirmation message ------- to your registered email address when your purchase is shipped.

(A) send (B) is sending (C) had sent (D) will be sent

8 Salespersons at Royce Motors Inc. ------- a personalized maintenance schedule to meet the needs of every vehicle sold.

(A) is creating (B) creat (C) are created (D) creates

9 New employees ------- the meeting at which they were issued security cards to enter the building.

(A) participated (B) performed (C) attended (D) evaluated

10 The Washington officials who are responsible for the nuclear power plant ------- that the problem of wastes can be solved.

(A) thinks (B) think (C) are thought (D) is thought

Ch1 詞性
Ch2 形容詞動態詞
Ch3 代名詞
Ch4 不定詞 to
Ch5 關係代名詞
Ch6 介系詞
Ch7 連接詞
Ch8 去詞現分和在詞過分
Ch9 當選副詞適
Ch10 動介名系詞詞+
Ch11 最比高較級級與
Ch12 其他類
Ch13 第6大題

11 One of the leading authorities on environmental issues ------- university students at a lecture in Philadelphia tomorrow.

(A) will be addressed (B) had been addressing
(C) is addressing   (D) had addressed

12 As the domestic economy has been growing steadily, it is expected that sales of cars and houses ------- in the coming year.

(A) increased   (B) to increase
(C) increase   (D) will increase

13 Holden Consulting, a well-respected firm located in Boston, ------- in risk management for over three decades.

(A) has specialized   (B) specialize
(C) will specialize   (D) is specializing

14 All team members in my department ------- the training for telephone surveys by the end of next month.

(A) will complete   (B) have completed
(C) will have completed (D) completed

15 The electronics company is ------- a new version of their portable audio player at the beginning of next year.

(A) release (B) released (C) releases (D) releasing

1. (D) 2. (A) 3. (A) 4. (D) 5. (B) 6. (A) 7. (D) 8. (B)
9. (C) 10. (B) 11. (C) 12. (D) 13. (A) 14. (C) 15. (D)

詳解及翻譯

問題1.

詳解

空格前為助動詞will。助動詞之後必須接原形，因此原形動詞(D) determine為正確答案。

翻譯

市場調查將會決定下一間Adam Walker服裝暢貨中心的設立地點。
(D) determine「決定」的原形

問題2.

詳解

空格前有be動詞，選項中有現在分詞packaging 和過去分詞packaged，因此得知此題問的是主動或被動語態。主詞為Devices「機器」，而「機器被包裝」句義才通順，因此選擇被動語態的(A) packaged。

翻譯

機器必須充分用包裝緩衝材捆包，以確保商品完好無缺地寄送給顧客。
(A)動詞package「包裝」的過去分詞

練習題

Ch1
詞性

Ch2
形動
態詞

Ch3
代名詞

Ch4
不定
詞和to

Ch5
關係代名詞

Ch6
介系詞

Ch7
連接詞

Ch8
去詞現
分和在
詞過分

Ch9
當選
副擇適
詞

Ch10
動介
名系詞
詞 +

Ch11
最比
高較級與
級

Ch12
其他類

Ch13
第6大題

問題3.

詳解

以please開頭的祈使句。祈使句的please之後接原形動詞。因此(A) read為正解。雖然(D) be read也是原形動詞，但是被動語態並不符合語意。沒使用到please的祈使句也會出題，這時一樣使用原形動詞。

翻譯

請再設定電腦之前先閱讀使用者手冊，以確保所有連結都有照著廠商規格銜接。

(A) 動詞read「閱讀」的原形

....

問題4.

詳解

主詞doctor Adams為第三人稱單數，因此正確答案可能為(A) will move或加了第三人稱單數s的(D) moves。此句的主要子句（逗點之後）使用的是未來式，主要子句為未來式時，when開頭的副詞子句（修飾主要子句的句子）中的未來式以現在式代替。所以(A) will move不正確，應選擇(D) moves。

翻譯

當Adams醫生搬到她的新診所，等待室很可能將會由Davenport設計公司來設計。

(D)動詞move「搬遷」的現在式

....

問題5.

詳解

連接詞while接續的子句中，主詞為renovations「翻新」。主詞為複數，因此可以確定選項(A)和 (C)為錯誤的選項。(B)和 (D)其中之一為正確答案，但這兩者的時態非常不同，所以接下來就要考慮時態的問題了。「要求來訪客人理解」，可以從Visitors are asked得知是現在的事

件。這就代表(D)錯誤,且(B)為正確答案。與動詞相關的題型中,必須像此題一樣,結合於兩個以上的觀點才能作答的題目也不少。

翻譯

在主大廳的改裝工程進行期間,我們請求來訪客人對噪音及灰塵的理解。

(B)be動詞的現在進行式

問題6.

詳解

主詞和動詞一致的題型。此句的主詞為名叫Raymond Industries的企業,接下來的空格必須放入作為述語的動詞,而企業名稱為第三人稱單數,所以不能使用(C) profit,(A) profited才為正解。實力不足的人可能會因為主詞Raymond Industries加了s而誤認其為複數名詞,並錯選(C)。請記得公司名稱也屬於單數。

翻譯

如其他同業界的公司,Raymond企業從災害後的建材銷售中獲利。

(A)動詞profit「獲利」的過去式

問題7.

詳解

主要子句的主詞為A confirmation message,思考一下主詞與動詞意義上的關連後,因為表達的是「訊息被傳送」,所以被動語態的(D) will be sent為正解。

翻譯

當您的商品被寄送出,確認信將會被傳送到您登記的電子郵件信箱裡。

Ch1
詞性

Ch2
形動態詞

Ch3
代名詞

Ch4
不定詞to

Ch5
關係代名詞

Ch6
介系詞

Ch7
連接詞

Ch8
去詞現分和在詞過分

Ch9
當選副擇詞適

Ch10
動介名系詞+詞

Ch11
最比較級與高級

Ch12
其他類

Ch13
第6大題

(D)動詞send「傳送」的未來式被動語態

問題8.

詳解

主詞與動詞一致的題型。主詞為Salespersons，修飾語為at Royce Motors Inc.。空格中得填入作為述語的動詞，主詞是複數名詞，答案可能為(B)或 (C)，再思考一下主詞與動詞之間的關係，此句不為被動語態而是主動語態才符合語意，因此選擇(B) create為正確解答。若沒有仔細觀察句子的考生，可能會認為空格前的Royce Motors Inc.為主詞，並選擇錯誤的(D)選項。

翻譯

Royce Motors公司的銷售人員創建了個人化維修計畫，以符合每一台已銷售車輛的需求。
(B)動詞create「創建」的現在式

問題9.

詳解

測驗不及物動詞與及物動詞之間差別的題型。New employees為主詞，空格中必須填入作為述語的動詞。選項雖全部都是動詞，但考慮到句義，可以推測填入有「出席」之意的動詞應為正解，選擇縮小為(A) participated和(C) attended。此句空格後接了the meeting作為受詞，及物動詞的attended可直接接續受詞，而不及物動詞participate後方則須連接介系詞in。由此可知正確答案為(C) attended。另外，(B) performed為「執行」、(D) evaluated為「評價」的過去式。

翻譯

新員工參加了在需用保全卡進入的大樓內進行的會議。

(C)動詞attend「出席」的過去式

問題10.

詳解

主詞與動詞一致的題型。此句的主詞為The Washington officials，關係代名詞的who連接的who are responsible for the nuclear power plant部分用來修飾主詞。我們可以推測這裡的空格必須填入作為述語的動詞。主詞為複數名詞，因而可以縮小選項範圍至(B) think和(C) are thought，但空格之後接了作為受詞的that子句（that+S+V），所以動詞部分必須使用主動語態。正確答案為(B) think。若沒有仔細閱讀題目，可能會有考生將空格之前的the nuclear power plant誤認為主詞並錯選(A)選項。

翻譯

負責核子發電廠的華盛頓官員們認為核廢料問題可以被解決。
(B) think「認為」的現在式

問題11.

詳解

因為句尾有tomorrow，我們可以了解到此句為未來式。這時可能有考生會等不及就選擇了(A) will be addressed，但此部分句意為「向大學生演說」，並不適用被動式語態，必須使用的是主動語態。(C) is addressing雖然是進行式，在這裡進行式可以表達「近期預定或計劃」，因此選擇(C) is addressing為正解。

翻譯

環境問題的領頭權威之一將在明天向費城的大學生發表演說。
(C)動詞address「向……發表演說」的現在進行式

練習題

Ch1
詞性

Ch2
形容詞動態

Ch3
代名詞

Ch4
不定詞to

Ch5
關係代名詞

Ch6
介系詞

Ch7
連接詞

Ch8
去詞現在過分詞和分

Ch9
當副詞選擇適

Ch10
介系詞＋動名詞

Ch11
最高級與比較級

Ch12
其他類

Ch13
第6大題

問題12.

詳解

句尾有in the coming year「明年」這個表現，可得知時態為未來式。因此正確答案為(D) will increase。

翻譯

國內經濟穩定成長，可以預期明年車輛與房屋的銷售將會增加。
(D)動詞increase「增加」的未來式

問題13.

詳解

句尾的for over three decades「超過30年」，表達的是從過去到現在的一段期間，因此現在完成式的(A) has specialized為正確答案。specialize in...表達的是「專攻、專門從事……」。

翻譯

Holden Consulting是一間位在波士頓並深受尊重的公司，此公司已專門從事風險管理超過三十年了。
(A)動詞specialize「專攻」的現在完成式

問題14.

詳解

句尾的by the end of next month「在下個月底之前」表未來的一個時間點。若要表示到未來的某時間點完成動作或動作持續到未來的某時間點，必須使用未來完成式。因此正解為(C) will have completed。未來完成式時常與by「在……之前」連用。

翻譯

我部門的所有成員將在下個月底之前完成電訪的訓練。

(C)動詞complete「完成」的未來完成式

....

問題15.

詳解

空格之前是be動詞的is。再看一眼選項，當中同時有過去分詞及現在分詞，卻沒有形容詞，若選擇了(C) releases，又會成為The electronics company=release「發表」這樣的錯誤語意。這時就可以知道本題為考驗進行式（主動語態）或被動語態的題目。主詞為The electronics company「電力公司」，動詞部分為release「發表」，因此主動語態較為適切，選擇(D) releasing為正確答案。現在進行式可表達「近期的預定或計劃」。

翻譯

那間電力公司將在明年初發行新型號的可攜式音樂播放裝置。

(D)動詞release「發行」的現在分詞

CHAPTER 3

「**代名詞**」題型的
100%超攻略

- 代名詞列於選項中，即為與代名詞相關的題型。
- 需找出代名詞所指對象時，有讀完全文的必要。
- 詢問代名詞的格或反身代名詞的題型，只要一看選項即能馬上解題。

人稱代名詞一覽表

人稱	性質		主格	所有格	受格	所有格代名詞	反身代名詞
第一人稱	單數		I	my	me	mine	myself
	複數		we	our	us	ours	ourselves
第二人稱	單數		you	your	you	yours	yourself
	複數		you	your	you	yours	yourselves
第三人稱	單數	男性	he	his	him	his	himself
		女性	she	her	her	hers	herself
		中性	it	its	it	-	itself
	複數		they	their	them	theirs	themselves

代名詞在句子中為名詞的功用。

主格 作為句子的主詞使用。

例） <u>She</u> is an accountant. 「她是一名會計師。」

所有格 置於名詞之前，表「……的」的意思。

例） <u>her</u> promotion 「她的升遷」

※也常有在所有格的代名詞之後加上表「自己的」的own，以
one's own形式使用的情形

例） <u>her</u> own idea 「她自己的主意」

Ch1
詞性

Ch2
形動態詞

Ch3
代名詞

Ch4
不定詞to

Ch5
關係代名詞

Ch6
介系詞

Ch7
連接詞

Ch8
去詞現分和在過分

Ch9
當選擇副詞適

Ch10
動介名詞系詞+

Ch11
最比高較級與

Ch12
其他類

Ch13
第6大題

受格 作為動詞的受詞。介系詞之後也可以使用受格。

例) The manager promoted <u>him</u>.

「經理升他職了。」

所有格代名詞 有「所有格+名詞」作用，表「……的東西」的意思。

例) That PC is <u>mine</u>.

「那台個人電腦是我的東西。」←mine = my PC

反身代名詞 請參照p.081

❶ 詢問代名詞的格

Mr. Thomas checked ------- bag in the cloakroom before going to the reception.

(A) him (B) he's (C) his (D) he

checked ------- bag
修飾

新制多益
出題重點

詳解

選項中皆為代名詞，可得知此題是問代名詞的題型。修飾名詞bag的是所有格代名詞，選項中能找到的是(C) his「他的《第三人稱單數》」。his為he的所有格。checked ------- bag的部分為「寄存……的包包」之意。

——答案 (C) his

Thomas先生在前往歡迎會之前先將他的包包寄於寄物處。

(C)他的《所有格代名詞》

Mr. Brown voted for the new proposal because ------- believed in it.

(A) his (B) him (C) he (D) himself

because $\underline{\text{------- believed in it}}$
S（主詞）+V（動詞）

詳解

連接詞because之後為一子句＜S（主詞）+V（動詞）＞。空格後的 believed「相信」為動詞，因此可得知空格中必須填入能夠作為主詞的主格(C) he「他《第三人稱單數》」。問代名詞的題型中，這一類「問代名詞的格」的題型出題率是最高的。也可以說是多益題型中最簡單的題型之一。請考生確實選取正解。

——答案 (C) he

翻譯

因為Brown先生相信那是好的提案，所以他投了贊成票。

(C)他《主格代名詞》

Ch1 詞性
Ch2 形動態詞
Ch3 代名詞
Ch4 不定詞 to
Ch5 關係代名詞
Ch6 介系詞
Ch7 連接詞
Ch8 去詞現分和在詞過分
Ch9 當選擇副詞適
Ch10 動介名系詞詞 +
Ch11 最比高較級級與
Ch12 其他類
Ch13 第6大題

❷ 詢問代名詞所指之物

Edward is the only person among all employees who has to explain ------- opinion to the board members.

(A) them (B) his (C) its (D) their

------- opinion
名詞

新制多益出題重點

修飾　　　是誰的意見?

詳解

修飾名詞opinion「意見」的是所有格代名詞,但選項中有(B) his　(C) its　(D) their等各式所有格代名詞。所以我們就必須思考空格中填入的代名詞所指的是哪個名詞。考慮到英文語意,這裡所指的是Edward,(B) his「他的《第三人稱單數所有格》」即為正解。若沒有好好理解語意再選擇,有可能會錯選為指employees《第三人稱複數》的代名詞their。

——答案 (B) his

翻譯

Edward是所有員工中唯一需要向董事會説明意見的人。
(B)他的《所有格代名詞》

若將②的修飾部分（among all employees和to the board members部分）簡略化，便能改為Edward is the only person who has to explain his opinion.，語意也較為好懂。關係代名詞who的先行詞為the only person（＝Edward）。

❸ 詢問受格的題型

After Ronald Reagan had died, the American public rated ------- to be one of the best US presidents.

(A) he (B) his (C) his own (D) him

the American public	rated	-------
主詞	及物動詞	填入受格
		「對……評價」

詳解

及物動詞rated「對……評價」必須要有受詞。空格中需填入受詞，而要表達Ronald Reagan「隆納・雷根」的代名詞時，使用的是《第三人稱單數・男性》代名詞。因此代名詞he的受格(D) him為正確答案。

——答案 (D) him

翻譯

隆納・雷根死後被美國大眾評價為最棒的美國總統之一。
(D)他《受格代名詞》

Ch1 詞性

Ch2 形態動詞

Ch3 代名詞

Ch4 不定詞to

Ch5 關係代名詞

Ch6 介系詞

Ch7 連接詞

Ch8 去分詞和現在分詞過

Ch9 當副詞選擇適詞

Ch10 介系詞+動名詞

Ch11 最高級與比較級

Ch12 其他類

Ch13 第6大題

基礎文法知識 ✏️

反身代名詞是？

於人稱代名詞的所有格或受格加上～self（單數）或是～selves（複數）的詞稱作反身代名詞。大致上有兩種功用。

(1) 句中的名詞或代名詞強調「自己」時使用。

例）She decorated the room herself.

「她自己裝飾了房間。」

➡ 多益出題的大多是這個用法。

(2) 句子使用及物動詞，而其受詞與主詞為同一人時使用。

例）She introduced herself at the meeting.

「她在會議上介紹她自己。」

➡ 目標分數為700分以上的考生請將此用法也記起來。

4-1 依語意來選擇反身代名詞（oneself）
——強調「自己」時

The manager revised the sales team's presentation ------- .

(A) them (B) themselves (C) himself (D) him

新制多益
出題重點

主詞為The manager
「經理」
（第三人稱單數）

➡ 強調「經理自己」？

此句即使沒有空格部分也完整構成句子。The manager為S、revised
為V，而 the ～ presentation為O。因此我們能得知空格中要填入補足
語意的詞。反身代名詞即成為候補名單。反身代名詞有(B) themselves
和(C) himself兩個選項，manager相當於《第三人稱單數》，所以不
能選擇(B) themselves「他們自己《第三人稱複數》」，(C) himself
「他自己《第三人稱單數》」為正確答案。

——答案 (C) himself

經理自己修改了銷售團隊的報告。
(C)他自己《反身代名詞》

Ch1 詞性

Ch2 形動態詞

Ch3 代名詞

Ch4 不定詞to

Ch5 關係代名詞

Ch6 介系詞

Ch7 連接詞

Ch8 去詞現分和在詞過分

Ch9 當選副擇詞適

Ch10 動介名詞詞+

Ch11 最比高較級與

Ch12 其他類

Ch13 第6大題

目標700分以上的你千萬不要放過！

應用篇

4-1例題中的反身代名詞himself出現在句尾，但也有像The manager himself這樣直接置於要強調的名詞之後的用法。

The manager <u>himself</u> revised the sales team's presentation.

雖然是書面用法，但近期的多益也有出題過，請牢記。

4-2 依語意來選擇反身代名詞（oneself）
——「主詞與受詞相同」時

The government officers found ------- on the list of layoff.

(A) themselves (B) them (C) they (D) theirs

新制多益出題重點

The government officers　found　-------
主詞（第三人稱複數）　及物動詞 ↗ 受詞
　　　主詞與受詞為同一人物

詳解

空格中需填入及物動詞found「找到」的受詞。從語意來判斷，受詞的部分必須放入相同於主詞The government officers「政府官員們」意思的詞，「主詞」和「及物動詞的受詞」指的是同一人物，這時就必須使用反身代名詞了。因此不能填入普通的受格(B) them「他們」，

而是該填入(A) themselves「他們自己《第三人稱複數》」。

——答案 (A) themselves

翻譯

政府官員們在解雇名單上找到他們自己的名字。

(A)他們自己《反身代名詞》

❺ 使用反身代名詞的慣用用法

I helped Mr. Watson organize the presentation materials as he could not do all tasks ------- .

(A) his (B) him (C) myself (D) by himself

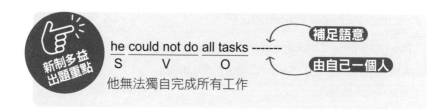

新制多益
出題重點

he could not do all tasks -------
S   V   O

他無法獨自完成所有工作

補足語意
由自己一個人

詳解

即使沒有空格部分句子也是完整的，因此得知空格得填入補足語意的詞。返身代名詞在這時就成為了候補選項。主詞為Mr. Watson=He（第三人稱單數），所以不可選(C) myself（第一人稱單數）。而選項(D)才為正解。by oneself表「獨自、單獨地」。

——答案 (D) by himself

翻譯

Watson先生無法獨自完成所有工作，因此我幫忙他整理簡報資料。

(D)他獨自《慣用用法by oneself》

小提示

其他較有難度的反身代名詞慣用用法也會出題，這就只能靠多讀、多背來應對了。若想成為擁有800分以上實力的考生，請務必將這類慣用表現的題型正確解答。

Ch1 詞性

Ch2 形動態詞

Ch3 代名詞

Ch4 不定詞 to

Ch5 關係代名詞

Ch6 介系詞

Ch7 連接詞

Ch8 去詞現分和在分詞過分

Ch9 當選副擇詞適

Ch10 動介系詞名詞+

Ch11 最比較級與高級

Ch12 其他類

Ch13 第6大題

考「詞性」的題型

1 Ms. Waters announced plans to expand ------- chain of furniture stores to ten locations in the near future.

(A) her (B) she (C) hers (D) herself

2 Please be sure to put all materials in a locked cabinet after presenting ------- at tomorrow's investors meeting.

(A) them (B) you (C) one (D) that

3 Olive Stern was selected as chairman of the committee because ------- has more than enough knowledge of safety regulations.

(A) she (B) herself (C) hers (D) her

4 The automobile factory workers tried out the new model ------- before it was given final approval.

(A) them (B) theirs (C) their own (D) themselves

5 Staff took part in a training session to go over some of the issues ------- might face when handling customer complaints.

(A) themselves (B) them (C) they (D) their

Ch1 詞性

Ch2 形動態詞

Ch3 代名詞

Ch4 不定詞 to

Ch5 關係代名詞

Ch6 介系詞

Ch7 連接詞

Ch8 去詞現分和在詞過分

Ch9 當選副擇詞適

Ch10 動介名系詞詞＋

Ch11 最比高較級與

Ch12 其他類

Ch13 第6大題

解答

1. (A)　2. (A)　3. (A)　4. (D)　5. (C)

詳解及翻譯

問題1.

詳解

選項中排列著代名詞she的各種格，可以推測出是詢問「代名詞的格」的題型。空格之後為chain of furniture stores這個名詞片語，因此修飾名詞的所有格代名詞(A) her為正解。

翻譯

Waters小姐宣布她計畫在未來拓展她的家具連鎖店至十個地區。

(A)她的《所有格代名詞》

問題2.

詳解

選項中排列著不同的代名詞，必須判斷出填入空格的代名詞指的是哪個名詞。考慮到語意，應放入指all materials的代名詞，且要同時為及物動詞present「發表」的受詞，因此必須選擇受格代名詞。指all materials的代名詞為they，其受格為(A) them。

翻譯

請務必確認在明天的投資者會議上發表完的資料，全數放入上鎖的儲存櫃。

(A)他們《受格代名詞》

問題3.

詳解

空格之前為連接詞的because。連接詞之後接續子句（S+V），而空格之後的has為動詞，因此可知空格要填入主詞。能作為主詞的主格代名詞(A) she為正確答案。

翻譯

Olive Stern被選為委員會的主席，因為她有許多關於安全規範的知識。

(A)她《主格代名詞》

問題4.

詳解

在連接詞before之前句子就結束了，表示空格要填入補足語意的反身代名詞。因此(D) themselves為正確答案。也可以像The automobile factory workers themselves tried out the new model這樣直接將反身代名詞置於要強調的名詞之後。

翻譯

汽車工廠的工人在尚未得到最終批准前，自己試乘了新車。

(D)他們自己《反身代名詞》

問題5.

詳解

要解開這個題目，必須先理解some of the issues與空格之間省略了關係代名詞的受格which/that一事。------- might face為說明some of the issues的修飾語，空格中填入主格代名詞(C) they的話，此句即為「他們（工作人員）可能會面對到幾項問題」，語意通順。「名詞（which/that）S+V」是常被使用到的文法。

Ch1 詞性

Ch2 形動態詞

Ch3 代名詞

Ch4 不定詞 to

Ch5 關係代名詞

Ch6 介系詞

Ch7 連接詞

Ch8 去詞現和過分分詞在

Ch9 選擇適當副詞

Ch10 動介系詞+名詞

Ch11 比較級與最高級

Ch12 其他類

Ch13 第6大題

翻譯

為了確認在處理顧客抱怨時可能會面對到的問題，工作人員參加了一場訓練講習。

(C)他們《主格代名詞》

CHAPTER 4

「不定詞to」題型
的100%超攻略

- 不定詞to（to+原形動詞）在句子中可以
  有名詞、形容詞或副詞的功用。

- 空格中會考整個不定詞to的題型，也會考
  to之後要填入原形動詞的題型。

- to除了作為不定詞to，還有可能作為介系
  詞出現，請多加注意！

不定詞to是什麼？

不定詞to為＜to+原形動詞＞的形式，常被譯為「做……」、「應該……」、「為了……」。依照使用方法分為3類。

名詞的用法

像名詞一般使用。作為主詞或動作的受詞，解釋為「做……」。

例）They promised to send me a letter.

　　　　　　　　　　寄送

「他們承諾會寄信給我。」

形容詞的用法

像形容詞一般使用。作為名詞的修飾語，解釋為「應該……」、「為了……」。

例）His presentation to raise funds was successful.

　　　　　　　　　　修飾名詞

「他為了籌措資金的演講很成功。」

副詞的用法

像副詞一般使用。作為動詞等，名詞以外詞性的修飾語，多解釋為「為了……」。

例）We installed a security software to avoid viruses.

　　　　　　　　　　修飾動詞

「我們安裝了防護軟體以避免病毒。」

Ch1
詞性

Ch2
形態詞動

Ch3
代名詞

Ch4
不定詞 **to**

Ch5
關係代名詞

Ch6
介系詞

Ch7
連接詞

Ch8
去詞現分和在詞過分

Ch9
當選擇適副詞

Ch10
動介名系詞詞 +

Ch11
最比高較級級與

Ch12
其他類

Ch13
第6大題

從選項中選擇原形動詞或不定詞to的題型

❶ to不定時的名詞用法

In order to increase sales, we planned to ------- our operation to Asian countries.

(A) expanding (B) expand (C) expanded (D) to expand

新制多益
出題重點

we planned to -------
及物動詞　受詞（名詞，或是有名詞功用的詞）
不定詞to、動名詞等

詳解

to -------的部分為及物動詞planned「計畫」的受詞。不定詞to在這裡為「擴大」。由於其像名詞一般使用，我們稱作「不定詞to的名詞用法」。不定詞to中的to之後接的是原形動詞。因此to之後的空格必須填入(B) expand。

——答案 (B) expand

翻譯

為了增加銷售額，我們計畫擴大我們的營運至亞洲國家。
(B)擴大《原形動詞》

093

❷ 不定詞to的形容詞用法

The company holds training sessions to give employees the chance to ------- about various sales strategies.

(A) learning (B) learned (C) learn (D) learns

the chance to -------
名詞　　　　　　說明是怎樣的「機會」
修飾名詞　　　➡「為了……」

詳解

以to -------修飾名詞the chance「那個機會」，不定詞to的部分與形容詞同樣功能，也就是「不定詞to的形容詞用法」。不定詞to的部分可譯作「應該……」、「為了……」，而其之後必須接原形動詞，因此to之後的空格填入原形的(C) learn為正確答案。

——答案 (C) learn

翻譯

那家公司為了給予員工機會學習各種銷售策略，舉辦了訓練講習。

(C)學習《原形動詞》

❸ 不定詞to的副詞用法

The Japanese government has signed a contract with the Taiwanese government to ------- a super express train system.

(A) building (B) build (C) that builds (D) built

Ch1
詞性

Ch2
形動態詞

Ch3
代名詞

Ch4
不定詞
to

Ch5
關係代名詞

Ch6
介系詞

Ch7
連接詞

Ch8
去詞現分和在詞過分

Ch9
當選副擇詞適

Ch10
動介名系詞詞＋

Ch11
最比高較級與

Ch12
其他類

Ch13
第6大題

has signed a contract to -------
動詞 ← 為了……
修飾動詞

詳解

to -------的部分修飾動詞has signed「簽名」，不定詞to部分有如同副詞的功用，我們將其稱為「不定詞to的副詞用法」。不定詞to部分可譯作「為了……」，不定詞to之後須接原形動詞，因此to之後的空格填入原形的(B) build。

——答案 (B) build

翻譯

日本政府為了建造高速鐵路系統，已與台灣政府簽訂契約。
(B)建造《原形動詞》

❹ 從各式動詞形式中選出不定詞to的題型

The cosmetics company spent ten million dollars ------- a new perfume.

(A) promote (B) to promote (C) that promote (D) promoted

spent ------- a new perfume
為了……
修飾動詞

詳解

選項每個皆為promote「促銷（商品）」的變形，考慮到句子整體的意義，空格以後必須是「為了促銷新的香水」的語意。以＜to+原形動詞＞的形式表示「為了促銷……」的(B) to promote為正確解答。由於

用的是「不定詞的副詞用法」，與前面①②③的題型不同，必須於空格填入整個不定詞to用法。

——答案 (B) to promote

翻譯

那間化妝品公司為了促銷新的香水花了一千萬元。

(B)為了促銷《不定詞to》

①～③的題目中有to，是選擇接續原形動詞的題型。而④為選擇整個不定詞to用法的題型，也就是「選擇適當動詞的題型」，這兩種都會出題，請考生多加注意！

也有介系詞用法的to !! 不要跟不定詞題型搞混了 !!

❹ 若to為介系詞，後接名詞

The government is committed to ------- child benefits from high-income families.

(A) remove (B) removing (C) be removed (D) removal

新制多益
出題重點

is committed to -------
不定詞to or 介系詞to？

詳解

雖說是to -------，但也不是每次都是不定詞to。本題就是用了「be

Ch1
詞性

Ch2
形動態詞

Ch3
代名詞

Ch4
不定詞
to

Ch5
關係代名詞

Ch6
介系詞

Ch7
連接詞

Ch8
去詞現分和在過分

Ch9
當選副擇詞適

Ch10
動介名系詞詞+

Ch11
最比高較級級與

Ch12
其他類

Ch13
第6大題

committed to 名詞」這個慣用用法表達「致力於……」，這裡的to就不是不定詞to的用法，而是介系詞的to了。介系詞之後接名詞。若要在介系詞後接有動詞作用的詞時，則必須使用動名詞（～ing形）。動名詞帶有「做……這件事」的意義，也能有名詞作用。因此，此題選擇ing形的(B) removing為正確答案。

——答案 (B) removing

翻譯

政府致力於去除高所得家庭的兒童津貼。
(B)去除《動名詞》

小提示

除be committed to...之外，像be used to...（習慣於）、look forward to...（期待）和 devote A to...（付出A去……）等用法中的to也都是介系詞，後接名詞。若是要在這些用法後加上有動作的詞，則須以同時有動詞和名詞作用的動名詞（～ing形）接續。

我們來以look forward to...舉例，了解其中的差別吧！

例）I'm looking forward to your visit.
　　　　　　　介系詞+名詞 ← your visit為to的受詞
　　「我期待你的來訪。」

　　I'm looking forward to meeting you.
　　　　　　　介系詞+動名詞+meet的受詞
　　「我期待見到你。」

考「不定詞to」的題型

1 After the announcement of plans ------- its product line, the market responded accordingly and the stock price increased by six percent.

(A) have expanded   (B) to expand
(C) expands   (D) expanding

2 The community center of Aspen Pines displayed a collection of historic items ------- the town's Foundation Day.

(A) to celebrate   (B) celebrate
(C) celebrated   (D) was celebrating

3 The Human Resources manager decided ------- new days of conducting interviews in order to recruit promising employees.

(A) learning   (B) to learn   (C) learned   (D) learn

4 The state-of-the-art production line of the facility is expected ------- output by as much as 30 percent.

(A) increasing   (B) to increase
(C) increase   (D) to be increased

練習題

Ch1
詞性

Ch2
形動
態詞

Ch3
代名詞

Ch4
不定詞
to

Ch5
關係代名詞

Ch6
介系詞

Ch7
連接詞

Ch8
去詞現在
分和過分
詞

Ch9
當選擇適
副詞

Ch10
動介系詞+
名詞

Ch11
最比較級與
高級

Ch12
其他類

Ch13
第6大題

5 Staff members are encouraged ------- part in any of the training sessions that have been scheduled every Friday afternoon.

(A) taking (B) to take (C) take (D) being taken

1. (B) 2. (A) 3. (B) 4. (B) 5. (B)

詳解及翻譯

問題1.

詳解

空格前的the announcement of plans「計畫的公告」，與空格後的its product line「它的產品線」皆為名詞片語，這時在空格中填入「為了擴大」這個形容詞用法的不定詞，後方的名詞片語變為修飾前方名詞片語的形式，「為了擴大產品線的計畫公告」語意通順，(B) to expand即為正解。

翻譯

在擴大產品線的計畫公告之後，市場相應地回應，且股價上升了百分之六。

(B)擴大《不定詞to》

問題2.

詳解

空格前的子句為（S+V+O）型式，空格後則為名詞片語the town's Foundation Day。這時必須注意到空格後為修飾語，是不定詞的副詞用法「為了……」，填入(A) to celebrate的話，「為了慶祝小鎮的創建紀念日」語意通順。

翻譯

Aspen Pines的社區中心正在展示著歷史文物，以慶祝小鎮的創建紀念

Ch1
詞性

Ch2
形動
態詞

Ch3
代名詞

Ch4
不定詞
to

Ch5
關係代名詞

Ch6
介系詞

Ch7
連接詞

Ch8
去詞現
分和在
詞過分

Ch9
當選
副擇
詞適

Ch10
動介
名系
詞詞
+

Ch11
最比
高較
級與

Ch12
其他類

Ch13
第
6
大題

日。
(A)慶祝《不定詞to》

....

問題3.

詳解

主詞為The Human Resources manager，動詞為decided。decided為及物動詞，因此後面必須以名詞或名詞片語接續。不定詞可以做為名詞使用，將表「做……」的不定詞(B) to learn填入的話，句義為「決定要學習」為正解。(A)的動名詞也表「學習」並可作為名詞使用，但decide的受詞不可為動名詞，(A)為錯誤選項，(C)和(D)不是名詞，所以不能作為受詞。

翻譯

人事部經理為了要招募到大有可為的員工，決定學習新的面試方法。
(B)學習《不定詞to》

....

問題4.

詳解

空格前的及物動詞expect「預計」為被動語態。expect常以expect A to...「預計A會……」的形式出現，將這個用法中的A做為主詞，被動語態的A is expected to...「A被預計會……」也時常使用到。此句也就是這樣的形式，因此選擇(B) to increase為正確答案。

翻譯

那個具備最新技術的生產線，預計可以增加百分之三十的生產量。
(B)增加《不定詞to》

....

問題5.

空格之前為及物動詞encourage「鼓勵」的被動語態。encourage常以 encourage A to...「鼓勵A去……」的用法出現,將A做為主詞的被動 語態A is encouraged to...「A被鼓勵去……」也時常用到。此句即是 此用法,因此(B) to take為正確解答。take part in有「參加」之意。

翻譯

員工被鼓勵去參加安排在每週五下午的任何一堂訓練講習。

(B)拿取《不定詞to》

CHAPTER 5

「關係代名詞」
題型的100%超攻略

- 選項中who、which、whose等詞並排的話,即為關係代名詞的題型。

- 除了第一大題之外的所有大題都常使用到關係代名詞,對此還很不熟悉的考生,建議先使用文法書了解一下who、whose、whom、which、that、what的用法。

關係代名詞是什麼？

使用關係代名詞的話，可將兩個句子連接成一句。

例）　　　　　先行詞
  I work at a publisher.

「我在出版社工作。」　　　　　一同樣的事物

The publisher is famous for the art magazine.
「那家出版社以藝術雜誌聞名。」

我們可以將第二句中相同的名詞以關係代名詞代替，並將兩句連接在一起。要用哪個關係代名詞則要以
　①先行詞是人還是物
　②關係代名詞要代替的詞扮演著什麼樣的角色？（主格？所有格？受格？）
來決定（請參照下一頁的表格）。

以上面的例子來說……
①先行詞a publisher是物（不是人）
②第2句的The publisher為句子的主詞（主格）
　　　　　⬇
要使用which或that（請參照下一頁的表格）
　　　　先行詞
　 I work at a publisher.
　 The publisher is famous for the art magazine.
　　　　　⬇

以which或that代替，將句子連接起來

I work at a publisher which is famous for the art magazine.
「我在那家以藝術雜誌聞名的出版社工作。」

Ch1 詞性

Ch2 形動態詞

Ch3 代名詞

Ch4 不定詞to

Ch5 關係代名詞

Ch6 介系詞

Ch7 連接詞

Ch8 去詞現分和在詞過分

Ch9 當選副擇詞適

Ch10 動介名系詞詞+

Ch11 最比較高級與級

Ch12 其他類

Ch13 第6大題

要使用哪一個關係代名詞呢？

先行詞	主格	所有格	受格
人	who	whose	whom
物	which that	whose	which that

物品為先行詞時，主格的關係代名詞較常使用的是that。雖然這兩個關係代名詞在多益第五大題時都會出題考到，但在第二、三、四、七大題中大多還是使用that。

❶ 主格的關係代名詞

I have a car ------- is manufactured by the leading automobile company.

(A) who (B) what (C) which (D) whom

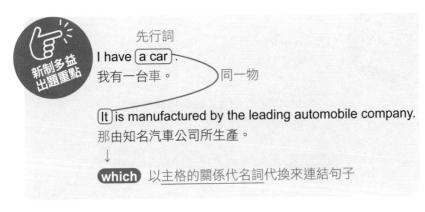

新制多益出題重點

先行詞

I have a car .
我有一台車。　同一物

It is manufactured by the leading automobile company.
那由知名汽車公司所生產。

↓

which 以主格的關係代名詞代換來連結句子

詳解

選項中有who和which，我們即可以得知這是考關係代名詞的題目。題目如上述例題圈起部分，是將兩個句子合而為一的用法。兩句共通的

部分為a car和 it（以代名詞表達a car）。由於①先行詞為物品、②It 為主詞（主格），必須使用主格的關係代名詞which或that。選項中有 which，因此選擇(C) which。雖然本題的選項只有which，但that題型 也會出題喔！

——答案 (C) which

翻譯

我有一台由知名汽車公司生產的車。

(C)《主格的關係代名詞。先行詞為物品》

❷ 所有格的關係代名詞

I have a friend ------- brother is a best-selling author.

(A) what (B) whom (C) whose (D) which

詳解

從選項可知此題為關係代名詞的題型。考慮到要以上述例題圈起來的 部分將兩句結合成一句，兩句共通的部分為a friend和 His。這時連接 兩句的的關係代名詞由於先行詞為人、His為所有格代名詞，因此必須

Ch1 詞性

Ch2 形動態詞

Ch3 代名詞

Ch4 不定詞to

Ch5 關係代名詞

Ch6 介系詞

Ch7 連接詞

Ch8 去詞現分和在詞過分

Ch9 當選副擇詞適

Ch10 動介名系詞詞+

Ch11 最比高較級與級

Ch12 其他類

Ch13 第6大題

使用所有格的關係代名詞whose。

——答案 (C) whose

翻譯

我有個朋友的哥哥是一位暢銷作家。

(C)《所有格的關係代名詞。先行詞為人》

❸ 受格的關係代名詞

He is the politician ------ I met him at the party last night.

(A) who (B) whom (C) whose (D) which

新制多益
出題重點

先行詞

He is the politician .
他是位政治家。
同一人

I met him at the party last night.
我在昨晚的派對遇見他。
↓
whom 變為受格的關係代名詞

詳解

從選項即可了解此為關係代名詞的題型。兩句中共通的是the politician 和 him，連接兩句的關係代名詞由於先行詞為人、代名詞him為受格代名詞，因此使用受格的關係代名詞whom.

另外，受格的關係代名詞時常被省略掉。多益的其他大題也有許多將受格關係代名詞省略的用法出現。若考生不加以理解省略掉的詞，可能會發生「（聽力大題）聽不懂」「（閱讀大題）看不懂」的狀況。

請考生熟練省略關係代名詞的英語句。

──答案 (B) whom

翻譯

他是我在昨晚的派對上遇見的政治家。
(B)《受格的關係代名詞。先行詞為人》

與關係詞相關的題目中，其他還可能出現關係代名詞what（=the thing(s) which）、複合關係代名詞whoever（=anyone who）及複合關係副詞的whenever和wherever等題型，但與以上介紹過的題型比起來出題機率較低。由於這部分較為困難，考生可以在取得800分之後再來學習。

Ch1
詞性

Ch2
形容詞動態

Ch3
代名詞

Ch4
不定詞to

Ch5
關係代名詞

Ch6
介系詞

Ch7
連接詞

Ch8
去詞現在分詞和過去分

Ch9
當選副擇詞適

Ch10
動介名系詞詞+

Ch11
最比高較級級與

Ch12
其他類

Ch13
第6大題

考「詞性」的題型

1 The list of job candidates consists mainly of students -------
visited our booth at this year's job fair in Mumbai.

(A) who (B) whoever (C) those (D) whom

2 During the past two weeks a record amount of rain fell, -------
-- was a historic high in the entire Pacific Northwest.

(A) which (B) what (C) whether (D) whichever

3 The loan department of the bank is closely examining the
types of projects ------- can be financed now.

(A) what (B) whom (C) they (D) that

4 The company selected interns ------- long-term career goals
included a desire to work in management positions.

(A) whom (B) which (C) that (D) whose

5 ------- the company is best known for is its high level of
customer service and an ability to predict market trends.

(A) Where (B) Which (C) As (D) What

詳解及翻譯

問題1.

詳解

選項除了(C)之外都是關係代名詞，因此我們可以推測空格是要填入關係代名詞。此題先行詞students為人，而空格後的動詞為visited，所以需要有主詞作用的關係代名詞。先行詞是人時，主格的關係代名詞(A) who為正確答案。

翻譯

名單中的求職者主要為今年在孟買的職業博覽會上曾拜訪過我們攤位的學生。

(A)《主格的關係代名詞。先行詞為人》

問題2.

詳解

(A)、(B)、(D)為關係代名詞，(C)為連接詞，因此我們可以推測空格是要填入關係代名詞。此題先行詞為record amount of rain，空格後為動詞was，我們需要作為主詞的關係代名詞。先行詞為物品時，主格的關係代名詞填入which或 that。選項中雖然沒有that，但有which，所以選項(A) which即為正解。

翻譯

這兩週以來的降雨量是整個太平洋西北地區的歷史新高。

練習題

Ch1
詞性

Ch2
形動態詞

Ch3
代名詞

Ch4
不定to

Ch5
關係代名詞

Ch6
介系詞

Ch7
連接詞

Ch8
去詞現分和在詞過分

Ch9
當選副詞適

Ch10
動介名系詞詞+

Ch11
最比較級與

Ch12
其他類

Ch13
第6大題

(A)《主格的關係代名詞。先行詞為物》

問題3.

詳解

選項除了(C)以外皆為關係代名詞,因此我們可以推測空格是要填入關係代名詞。先行詞為the types of projects,空格後的can be financed為動詞,這時需要的是有主詞功用的關係代名詞。先行詞為物品時,主格的關係代名詞which和that為正解。選項中並沒有which,選項(D) that為正解。

翻譯

銀行的貸款部門最近在審查可以提供資金的方案種類。
(D)《主格的關係代名詞。先行詞為物》

問題4.

詳解

全部的選項皆為關係代名詞,因此我們可以推測空格是要填入關係代名詞。此題先行詞為人interns,空格後的long-term career goals為名詞,這時需要的是表名詞所有者的關係代名詞。我們可以了解到先行詞為人時,所有格關係代名詞的(D) whose為正確解答。倘若先行詞為物品時,所有格的關係代名詞也使用whose。

翻譯

那間公司選擇了有長遠職業目標,以及有意願於管理職位工作的實習生。
(D)《所有格的關係代名詞。先行詞為物》

問題5.

詳解

包含了先行詞，且能將the thing(s) which換句話說的關係代名詞為
what。空格前並沒有先行詞，因此可推測為要填入包含先行詞語意
的what的題型。填入what之後，主詞的部分為the thing which the
company is best known for「那間公司以……最為聞名」符合語意。
(D) What為正確解答。

翻譯

那間公司以高水準的顧客服務及預測市場趨勢的能力而聞名。
(D)《包含先行詞的關係代名詞》

CHAPTER 6

「介系詞」題型的
100%超攻略

- 從慣用用法來選擇適當的介系詞。
- 選項中同時有介系詞和連接詞時,空格之後若為名詞或名詞片語,則填入介系詞。

表達時間的基本介系詞

at 一個時間點（幾點幾分、正中午、晚上）at ten o'clock, at noon, at night等
in 期間（週、月、四季、年）in April, in the spring 等
on 特定的日子 on Friday, on June 10 等

偶爾會出題的介系詞

①in「《經過的時間》在⋯⋯以後」

The shipment from Shanghai to San Francisco will arrive in 10 days.

「從上海運輸到舊金山的貨物將在10天後抵達。」

②over「《一段期間》在⋯⋯期間」

The company has gained a remarkable reputation over the last 30 years.

「那間公司在過去30年間得到了卓越的聲望。」

③within「《時間、距離》在⋯⋯範圍內」

The company will be listed on the New York Stock Exchange within the next two years.

「在接下來的兩年內那間公司將會在紐約證券交易所上市。」

④during「《一段期間》在（某期間）的整個期間內」

The plant manager should be on-site during the annual safety inspection.

「工廠長應於年度安全檢查期間待在工程現場。」

※during和in差異

　during表「期間內一直」，而in則表示「某期間的一個時間點」。

⑤despite「儘管……」（=in spite of…）

Despite a dramatic increase in production, the factory could not keep up with demand.

「儘管生產量大幅增加，那座工廠仍無法趕上需求量。」

⑥since「自……以來」（大多與現在[過去]完成式連用）

He has been involved in several volunteer activities since his retirement.

「自從退休以來，他參加了一些志工活動。」

⑦by「《期限》在……之前」

Those interested in attending the conference in Seattle should register by April 1.

「有興趣參加於西雅圖召開的會議的人必須在四月一日之前登記。」

⑧until「《動作或狀態持續》直到……時」

The latest application for their smart-phones is available but they must wait until next week.

「對應他們智慧型手機的最新應用軟體已推出，但他們必須等到下一週」

※until也有連接詞用法，且有時也會考到連接詞用法的until。

⑨**throughout**「《一個期間》自始至終、貫穿、《地點》遍及、遍布」

The managers were asked to report the status of negotiations several times throughout the day.

「主管們被要求全天內回報洽談狀態數次。」

除上述之外，還有可能出現各式各樣的介系詞於題目之中。平時閱讀英語文章時，就要邊注意介系詞用法，這步驟相當重要。

❶ 選擇適當介系詞的題型

The new product will be distributed to all retail stores ------- two months.

(A) within (B) toward (C) under (D) on

新制多益
出題重點

The new product will be distributed to
------- two months
「2個月」（？）◀ 找表達時間的介系詞

詳解

空格後為名詞two months「2個月」，所以空格中需填入表時間的介系詞。「新產品將會在兩個月以內被分發」語意通順，而表「在……範圍內」的介系詞為**within**。因此答案選擇(A)。

——答案 (A) within

翻譯

那樣新產品將在兩個月以內被分發到所有的零售店。

(A) 《時間》在……範圍內

Ch1
詞性

Ch2
形動態詞

Ch3
代名詞

Ch4
不定詞to

Ch5
關係代名詞

Ch6
介系詞

Ch7
連接詞

Ch8
去詞現分和在詞過分

Ch9
當選副擇詞適

Ch10
動介名系詞詞+

Ch11
比較級與最高級

Ch12
其他類

Ch13
第6大題

------- takeoff and landing, it is critical that passengers remain seated with their seatbelts fastened.

(A) Within (B) Expect (C) During (D) Along

新制多益
出題重點

------- takeoff and landing,
「起飛降落」（？） ◄ 找表達一段期間的介系詞

詳解

空格之後的takeoff and landing「起飛降落」為名詞，所以空格中要放入介系詞。「起飛降落的期間」語意通順，而表「在（某期間）的整個期間內」的介系詞為during。因此選擇(C)為正解。

——答案 (C) During

翻譯

起飛降落的期間，所有乘客保持坐姿並繫緊安全帶，是非常至關重要的。

(C)《一段期間》在（某期間）的整個期間內

The company is trying to expand its services ------- the northern part of Canada.

(A) opposite (B) between (C) throughout (D) against

expand its services
擴大它的服務
　　　　------- the northern part of Canada
　　↑　　「加拿大北部」（？）
找表達地點的介系詞

詳解

空格之後the northern part of Canada「加拿大北部」為名詞，所以空格中要放入介系詞。「擴大它的服務至遍布加拿大北部」語意通順，而表達「遍及、遍布」的介系詞為throughout。因此答案選擇(C)。

——答案 (C) throughout

翻譯

那間公司正試著擴大它的服務，遍及至加拿大北部。

(C)《地點》遍及、遍布

※throughout可以用於表達像 throughout the day「一整天」或throughout the year「一整年」這樣的一段期間，這類用法也會作為介系詞題型被出題。

Ch1
詞性

Ch2
形容詞動態

Ch3
代名詞

Ch4
不定詞 to

Ch5
關係代名詞

Ch6
介系詞

Ch7
連接詞

Ch8
去詞現分和在詞過分

Ch9
當選副擇詞適

Ch10
動名詞介系詞+

Ch11
最比高較級級與

Ch12
其他類

Ch13
第6大題

> Changes can be made to an existing reservation ------- early next month.
>
> (A) by (B) until (C) on (D) through

新制多益
出題重點

            ------- early next month
                「下個月初」（？）

by   「《期限》在……之前」   ⎫
until 「《動作或狀態持續》直到……時」 ⎬ 哪一個？
                                ⎭

【詳解】

by譯作「在……之前」，until則譯為「直到……時」。此題語意為「直到下個月初都可以變更」，因此表持續動作或狀態的介系詞(B) until為正確答案。請別跟表達期限「在……之前」的(A) by混淆了喔。此外，until可作為介系詞或連接詞，兩種詞性都有機會出題，但介系詞until的出題頻率較高。

——答案 (B) until

【翻譯】

直到下個月初都可以變更現在的預約。
(B)《動作或狀態持續》直到……時

偶爾會考到的複合介系詞

由兩個以上的詞組成有介系詞功用的片語，我們叫它複合介系詞。

①due to... 「由於……」（=because of...、on account of...）

The main street is closed to traffic due to the repair work of the road.

「由於修路作業，主要道路目前禁止通行。」

②because of... 「因為……」（=due to...、on account of...）

An aggressive marketing strategy is needed because of a decline in the number of customers.

「因為顧客數的減少，現在需要積極的市場策略。」

③on account of... 「《較正式的用法》由於……」（= because of...、due to...）

On account of the recent increase in university tuition fees, many graduates have student loan debt.

「由於最近大學學費的增加，許多畢業生都欠有學生貸款。」

④prior to... 「在……之前」

An email notification is sent to each passengers prior to their flight.

「在飛機起飛之前，會寄送電子郵件通知給各位乘客。」

⑤in addition to... 「除……之外還」

In addition to excellent training opportunities, workers are eligible

Ch1 詞性

Ch2 形動態詞

Ch3 代名詞

Ch4 不定詞to

Ch5 關係代名詞

Ch6 介系詞

Ch7 連接詞

Ch8 去詞現分和在詞過分

Ch9 當選擇詞適

Ch10 動介名系詞詞+

Ch11 最比高較級與級

Ch12 其他類

Ch13 第6大題

for a one-month paid vacation.

「除了極佳的訓練機會之外，員工還可得到一個月的有薪休假。」

⑥**instead of...**「作為……替代」

The company has decided to relocate its office instead of renewing its lease.

「作為更新租賃契約的替代，那間公司決定遷移辦公室。」

⑦**in spite of...**「儘管……」（=despite）

In spite of the low number of visitors, the museum was able to meet its fundraising target.

「儘管訪客很少，那間博物館仍達成了募款的目標金額。」

❷ 選擇適當複合介系詞的題型

------- accumulated huge debt from credit card abuse, he is forced to file for personal bankruptcy.

(A) Because (B) Due to (C) Unless (D) In spite of

新制多益
出題重點

------- accumulated huge debt (from credit card abuse),

● 「累積巨額的負債」←空格後接名詞片語

● 並不是S+V句型（不是子句）

↓

空格處需填入介系詞（或複合介系詞）！

空格後為名詞片語，因此可以得知空格中需填入介系詞。「因為累積了巨額的負債」語意通順，所以要尋找表「因為……、由於……」的介系詞或複合介系詞。而介系詞(B) Due to及(D) In spite of中，符合題目句義的是(B) Due to。此外，(A) Because為連接詞，本題不可選擇此選項。但若是複合介系詞because of…即與due to…帶有相同含意，並為正解。

——答案 (B) Due to

翻譯

因為濫用信用卡造成巨額的負債，他被迫提出破產申請。
(B)因為……《複合介系詞》

基礎文法知識 ✎

介系詞？還是連接詞？

有些單字同時擁有「介系詞」和「連接詞」兩種用法。請看以下例句，並將其用法的差異牢記起來吧！

　作為介系詞使用時，後方連接的是名詞或名詞片語。若想在介系詞之後接有動詞作用的詞時，則必須接以動名詞造出的名詞片語。

　而作為連接詞使用時，後方以子句（S+V）來接續。

①before
介系詞「在……之前」

Before coming to Japan, she worked for a consulting firm in the U.S.
　　　　 名詞片語

➡ Before之後接動名詞coming，Before之後、逗點之前的句子為名詞片語「來日本」。由此可得知這裡的Before為介系詞。

Ch1
詞性

Ch2
形動態詞

Ch3
代名詞

Ch4
不定詞 to

Ch5
關係代名詞

Ch6
介系詞

Ch7
連接詞

Ch8
去詞現分和詞過分

Ch9
當選副擇詞適

Ch10
動介系名詞詞＋

Ch11
最比較級與高級

Ch12
其他類

Ch13
第6大題

連接詞「在……之前」

Before she came to Japan, she worked for a consulting firm in the U.S.
　　　　　S+V（子句）

➡ Before之後、逗點之前為S+V（子句）形式，因此這裡的Before為連接詞。

「在她來日本之前，她在美國的一家顧問公司上班。」

②after

介系詞「在……之後」

After graduating from university, he began to work as a journalist.
　　　　　　名詞片語

➡ After之後接動名詞graduating，而After之後、逗點之前為名詞片語「大學畢業」，因此這裡的After為介系詞。

連接詞「在……之後」

After he graduated from university, he began to work as a journalist.
　　　　　S+V（子句）

➡ After之後、逗點之前為子句（S+V）形式，因此這裡的After為連接詞。

「在大學畢業之後，他開始當自由撰稿人。」

③until

介系詞「直到……時」

We will work hard until achieving this year's sales target.
　　　　　　　　　　名詞片語

➡ until之後接動名詞achieving，形成「達到今年的銷售目標」的名詞片語，因此這裡的until為介系詞。

We will work hard until <u>we achieve this year's sales target</u>.

S+V（子句）

➡ until之後、句點之前為子句（S+V）形式，因此這裡的until為連接詞。

「我們會努力工作，直到達到今年的銷售目標。」

④since

連接詞「自……以來」

She has worked as a doctor since <u>graduating from a medical school</u>.

名詞片語

➡ since之後接動名詞graduating，形成「從醫學院畢業」的名詞片語，因此這裡的since為介系詞。

連接詞「自……以來」

She has worked as a doctor since <u>she graduated from a medical school</u>.

S+V（子句）

➡ since之後、句點之前為子句（S+V）形式，因此這裡的since為連接詞。

「自從醫學院畢業以來，她都在當一名醫生。」

❸ 需辨別「介系詞」或「連接詞」，稍微有些難度的題型

Before ------- whether the official discount rate should be raised or not, the FRB met with the president and leaders of Wall Street.

(A) deciding (B) decide (C) decided (D) decision

Ch1 詞性

Ch2 形態詞動

Ch3 代名詞

Ch4 不定詞 to

Ch5 關係代名詞

Ch6 介系詞

Ch7 連接詞

Ch8 去詞現分和在詞過分

Ch9 當選擇適副詞

Ch10 動介系詞名詞+

Ch11 最比較級高與級

Ch12 其他類

Ch13 第6大題

Before 為介系詞？

連接詞？

若為介系詞，後方應接名詞（短語）

若為連接詞，後方應接S+V（子句）

詳解

不論填入選項中的哪個詞，Before之後、逗號之前皆無法成立S+V（子句）的形式。因此我們可以得知句首的Before為介系詞。若為介系詞，後方應接名詞（或名詞片語）。接下來看一下空格後方，接續的是作為受詞的「連接詞whether引導的較長名詞片語」，所以空格之後中必須填入有動詞功用的詞語。有動詞功用，又能造出名詞片語的詞為動名詞，(A) deciding為正解。

——答案 (A) deciding

翻譯

在決定公定折現率是否應該增加之前，美聯準（FRB）與金融業界的大老們進行了會談。

(A)決定《動名詞》

應用篇

稍微有難度，但可能會被出題的介系詞

①given 「考慮到……」

Given his performance, he deserves to be promoted.

「考慮到他的業績，他應該被升職。」

➡ Given...「考慮到……、鑒於……」

②notwithstanding 「儘管……」（= despite/ in spite of...）
　　※較正式的用法

Notwithstanding the repeated opposition from the neighborhood, the high-rise apartment tower was built.

「儘管街坊鄰居們不斷的反抗，那棟公寓大樓還是被建造出來了。」

③concerning 「關於……」（= regarding）
　　※較about正式的用法

The workshop concerning how to make better presentations will be held.

「關於如何做出更佳報告的研討會將被舉行。」

④regarding 「關於……」（= concerning）
　　※較about正式的用法

If you have any questions regarding the upcoming conference, please feel free to contact us.

「若您有任何關於即將到來的會議的問題，歡迎聯絡我們。」

Ch1
詞性

Ch2
形動態詞

Ch3
代名詞

Ch4
不定詞to

Ch5
關係代名詞

Ch6
介系詞

Ch7
連接詞

Ch8
去詞現分和在詞過分

Ch9
當選副擇詞適

Ch10
動介系詞名詞+

Ch11
最比高較級級與

Ch12
其他類

Ch13
第6大題

⑤following 「在……之後」

Following the announcement of the new product, there was a huge applause from the audience.

「在發表新產品之後，從觀眾席傳來了大聲的喝采。」

作為慣用表現出題的介系詞

①under
under the regulations 「在規則〔規定〕之下」

Under the new regulations, the current minimum wage in Tokyo is 932 yen per hour.

「在新的規定之下，現在東京都的最低工資為時薪932日圓。」

under the supervision of...「在……的監督之下」

Workers assemble parts under the supervision of the factory manager.

「在工廠廠長的監督之下，工作人員們組裝著零件。」

under the control of...「在……的管理〔控制〕之下」

The company is still under the control of the founder's family.

「那間公司現在仍在創立者家族的控制之下。」

under construction 「建造中」

The company's headquarters building in New York is currently under construction.

「紐約的總公司大樓最近正在建造中。」

②without
without permission 「沒有許可」

We will not disclose your personal information without your permission.

「我們不會在未取得您許可的情況下透漏您的個人資料。」

without notice 「沒有預告、沒事先通知」

This discount is for a limited time only and may expire at any time without notice.

「這次打折有限定時間，且可能在<u>沒有通知</u>的情況下結束。」

without consent 「沒有同意〔允許〕」

Employees cannot participate in the training workshop without their supervisor's consent.

「員工不能在<u>沒有</u>上司<u>允許</u>的情況下參加培訓研討會。」

練習題大挑戰 6

考「介系詞」的題型

1 ------- the day of its release, people in some stores waited in line for several hours to purchase a copy of John Ashe's latest publication, Route 66.

(A) In (B) On (C) For (D) To

2 ------- the end of next month, the merger of Braxton Inc., and Walker Corporation will be complete and operations can return to normal.

(A) Until (B) Lately (C) By (D) Since

3 After the merger was completed, insiders commented that both sides maintained respect for each other ------- the entire negotiation.

(A) across (B) beyond (C) within (D) throughout

4 ------- manufacturing farm machines, Haley Industries entered the passenger vehicle market over two years ago.

(A) In addition to   (B) Furthermore
(C) On account of   (D) For instance

5 ------- the all-day information seminar, the special session was held early in the morning in the seminar room.

(A) By the time (B) From (C) Prior to (D) Just as

Ch1 詞性
Ch2 形動態詞
Ch3 代名詞
Ch4 不定詞 to
Ch5 關係代名詞
Ch6 介系詞
Ch7 連接詞
Ch8 去詞現分和在詞過分
Ch9 當選副詞適
Ch10 動介名詞詞 +
Ch11 最比高較級與
Ch12 其他類
Ch13 第6大題

1. (B)　2. (C)　3. (D)　4. (A)　5. (C)

詳解及翻譯

問題1.

詳解

選項皆為介系詞。將各個詞填入空格後發現，應選擇(B) On表「在發行日那天……」。表達特定日子，介系詞使用on。

翻譯

在最新著作Route 66發行的那一天，有些人在店裡排了好幾個小時的隊就是為了買到這本書。

(B)《特定日子》在……

問題2.

詳解

空格之後為名詞片語，所以我們可以得知空格中要填入介系詞。能作為介系詞使用的有(A)、(C)、(D)三個選項。接下來思考語意，可以發現句首到逗點之間要表達的是「在……之前」。表期限的介系詞為by，因此答案為(C) By。

翻譯

Braxton公司與Walker公司的合併將在下個月底完成，並恢復成正常業務。

(C)《期限》在……之前

Ch1 詞性

Ch2 形動態詞

Ch3 代名詞

Ch4 不定詞 to

Ch5 關係代名詞

Ch6 介系詞

Ch7 連接詞

Ch8 去詞現分和在詞過分

Ch9 當漢擇通副詞選

Ch10 動介系詞名詞+

Ch11 最比高較級級與

Ch12 其他類

Ch13 第6大題

問題3.

詳解

空格之後的the entire negotiation為名詞片語，因此可以推測空格中必須填入介系詞。而該填入什麼介系詞得從語意來判斷。語意為「在整個協商中」，選擇能表達「自始至終」的(D) throughout。

翻譯

在完成公司合併之後，內部人員表示，在整個協商過程中，雙方保持相互尊重的態度。

(D) 《一個期間》自始至終、貫穿

問題4.

詳解

空格之後、逗點之前為名詞片語，由此可推論空格中必須填入介系詞或複合介系詞。選項中雖沒有介系詞，但卻有能作為介系詞使用的複合介系詞(A)和(C)。而要判斷正確答案需從語意下手，得出(A) In addition to「除……之外還」能使句子成立。

翻譯

除了生產農用機械之外，Haley工業進入客車市場也超過兩年了。

(A)除……之外還《複合介系詞》

問題5.

詳解

空格之後、逗點之前為名詞句，由此可推論空格中必須填入介系詞或複合介系詞。而正確解答為介系詞(B) From還是複合介系詞(C) Prior to則要從語意來判斷。(C) Prior to表「在……之前」能使語意通順。prior to與介系詞before為相同意思。

翻譯

在一整天的研討會開始之前，一大早就在研討室舉行了特別會議。

(C)在……之前《複合介系詞》

CHAPTER 7

「連接詞」題型的
100%超攻略

- 連接詞用來連接詞與詞、片語與片語、句子（S+V）與句子。
- 確認好連接詞句之間的關係是非常重要的步驟。
- 注意同時有連接詞與介系詞用法的詞語。

務必要記住的基本連接詞(1)

對等連接詞

可以任意連接詞與詞、片語與片語、句子與句子的是對等連接詞。由於連接詞前後的詞、片語、句子為對等關係,所以我們稱它為對等連接詞。

①and「……和……」

I speak English and Chinese.（連接詞與詞）

「我會說英文與中文。」

I ordered a black ink and she ordered a color ink.（連接句子與句子）

「我訂了黑色墨水,而她訂了彩色墨水。」

②but「但是」

I attended the conference, but my coworker didn't.（連接句子與句子）

「我出席了會議,但我的同事並沒有出席。」

③or「……或者……」

How will you go to the conference, by plane or train?（連接詞與詞）

「你要怎麼前往討論會,搭飛機或是火車?」

Ch1 詞性

Ch2 形動態詞

Ch3 代名詞

Ch4 不定詞 to

Ch5 關係代名詞

Ch6 介系詞

Ch7 連接詞

Ch8 去詞現分和在詞過分

Ch9 當選副擇詞適

Ch10 動介名系詞詞 +

Ch11 最比高較級級與

Ch12 其他類

Ch13 第6大題

❶ 連接詞與詞、句子與句子的是對等連接詞

This cancer insurance's coverage includes hospitalization ------- medication.

(A) because (B) but (C) and (D) while

新制多益
出題重點

hospitalization ------- medication
住院治療　　　↑　　　藥物
選擇連結詞與詞的連接詞

詳解

空格前為名詞hospitalization「住院治療」，空格後接續了同為名詞的medication「藥物」。兩者皆為及物動詞include的受詞。連結詞（名詞）與詞（名詞）的是對等連接詞，選項中為對等連接詞的是(B) but和(C) and，而使語意相通的詞為and。

——答案 (C) and

翻譯

這份癌症保險的項目包含了住院及藥物費用。
(C) ……和……

務必要記住的基本連接詞(2)

從屬連接詞

請看以下例句。

連接詞

<u>Although he has retired</u>, <u>he still loves to learn new things</u>.

從屬子句（副詞子句）　　　　　主要子句

雖然「他退休了」　　　　　「他仍喜愛學習新事物」

修飾主要子句

像這裡的**Although**，置於從屬子句（修飾主要子句的句子、也可以叫做副詞子句）的開頭，並將其與主要子句（主要的句子＜S+V＞）連接在一起，這種連接詞稱為從屬連接詞。與前面介紹過的and、but及or等詞連接的對等關係不同，從屬連接詞必須依靠主要子句，並像副詞一般地修飾主要子句。**although, because, when, while, if, unless, once, whether, that, yet**都是屬於這一類的連接詞，它們連接句子及句子。

❷ 選擇連接句子和句子的連接詞題型

------- the mission of local banks is to foster smaller businesses, they are reluctant to extend loans to them.

(A) During (B) Although (C) Nevertheless (D) Because

新制多益
出題重點

空格填入的連接詞連接句子（S+V）與句子（S+V）

------- the mission of local banks is to foster smaller
　　　　　　　　S　　　　　　　　　V

businesses, they are reluctant to extend loans to them.
　　　　　　　S　　V

Ch1
詞性

Ch2
形動態詞

Ch3
代名詞

Ch4
不定to

Ch5
關係代名詞

Ch6
介系詞

Ch7
連接詞

Ch8
去詞現分和在詞過分

Ch9
當選擇詞適翻

Ch10
動介名詞系詞+

Ch11
最比高較級與

Ch12
其他類

Ch13
第6大題

詳解

空格後為一句子（S+V），逗點之後也是一個句子（S+V），連接這兩者的便是連接詞。選項中的連接詞有(B) Although和(D) Because，但要判斷哪一個是正確答案則需要在思考兩個句子之間的是以怎樣的關係連接的之後再來決定。空格到逗點之間為「本地銀行的使命是培養中小企業」（從屬子句），逗點之後為「他們卻不願意延長貸款期限」（主要子句）。能使語意通順的是表相反結果的連接詞although「雖然」，因此答案為(B)。

——答案 (B) Although

翻譯

雖然本地銀行的使命是培養中小企業，但他們卻不願意延長貸款期限。

(B)雖然《連接詞》

小提示

是「對等連接詞」還是「從屬連接詞」呢？

連接句子和句子時，「對等連接詞」和「從屬連接詞」兩方皆可使用。因此，若出現了考連結句子和句子的連接詞題型，考生就必須思考「主要子句」和「從屬子句」意義上的關聯來做出選擇。

❸ 從連接詞意義來選擇的題型

The work is very challenging and satisfying, ------- the salary is not equal to the amount of work called for.

(A) and (B) but (C) or (D) because

新制多益
出題重點

The work is very challenging and satisfying,
<u>S</u>   <u>V</u>

------ the salary is not equal to the amount of work called for.
       <u>S</u> <u>V</u>

空格中要填入的連接詞連接著
句子（S+V）與句子（S+V），但……

詳解

空格前為句子（S+V），空格後也是句子（S+V）。連接句子與句子的是連接詞，但選項(A)到(D)全部都是連接詞，也就是以文法面來說，有可能全部都是正確答案。但若考慮到語意，則只有唯一一解。「那項工作非常有挑戰性及成就感」（主要子句）和「薪水和工作量不成正比」（從屬子句）兩句的內容關係是相反的。因此以(B) but「但是」連接便能使語意通順。

──答案 (B) but

翻譯

那項工作非常有挑戰性及成就感，但薪水卻和工作量不成正比。
(B)但是

Ch1
詞性

Ch2
形動態詞

Ch3
代名詞

Ch4
不定詞 to

Ch5
關係代名詞

Ch6
介系詞

Ch7
連接詞

Ch8
去分現詞和在詞過分

Ch9
當選擇副詞適

Ch10
動介名詞+系詞

Ch11
最比高較級與

Ch12
其他類

Ch13
第6大題

基礎文法知識 ✏

務必要記住的其他從屬連接詞

①yet「《轉折》可是、卻」

He leaves work on time every day, yet his sales performance is outstanding.

「他每天都準時下班,卻有傑出的業績表現。」

※yet也有副詞的用法,有時會在考試中考出來。

②because「《理由》因為」

She was promoted because she was the most qualified person for the position.

「因為她是最適合這個職位的人,所以她被升職了。」

➡ 需清楚說明因果關係時使用。

③since「《理由》因為、由於」

Profit at most banks exceeded expectations since a healthy stock market helped to boost bank fees.

「由於股票市場的繁榮幫助推動銀行費用,大部分銀行的利潤都超乎預期。」

➡ 相較於有明確因果關係的because語氣較弱。

④since「從……至今」

Since new energy sources were discovered in the region, many people have moved there in anticipation of job opportunities.

「從那個地區發現新能源至今,許多人搬到那兒期待著工作機會。」

➡ 請注意連接詞since有兩種意義。

⑤when「《時間》當……時」

When you submit your request to be reimbursed for business trips, you must attach receipts.

「當你提交退還出差費用的申請時，必須附上收據。」

⑥while「《期間》當……的時候」

While I'm on a business trip, Kim will be in charge of my assignments.

「當我在出差的時候，Kim會負責我的職務。」

⑦while「然而（表對比）」

Cannondale Airport offers only domestic flight, while Wilson County Airport handles various international flights.

「Cannondale航空只提供國內線航班，而Wilson郡航空則經營各類國際線航班。」

⑧once「《時間》一旦……就」

Once the department store announced extended hour of operation, sales increased by 10 percent.

「百貨公司一宣布延長營業時間，銷售額就增加了一成。」

⑨if「《條件》如果……」

If you're truly interested in the position, you should apply for it immediately.

「如果你真的對那個職位有興趣，那就應該立即應徵。」

⑩unless「《條件》除非……」（ = if...not）

Trade friction with the US might re-emerge unless Japan makes concerted efforts to increase imports.

「除非日本共同努力增加進口商品，否則與美國的貿易摩擦可能會再次出現。」

Ch1
詞性

Ch2
形動
態詞

Ch3
代名詞

Ch4
不定詞to

Ch5
關係代名詞

Ch6
介系詞

Ch7
連接詞

Ch8
去詞現分和在詞過分

Ch9
當選副擇詞道

Ch10
動介名系詞詞+

Ch11
最比萬較級級與

Ch12
其他類

Ch13
第6大題

⑪although「《讓步》儘管」

Although the consumer confidence was weak, department stores were surprised to find that sales were stable.

「儘管消費者信心仍低落，百貨公司意外發現銷售額是穩定的。」

⑫whereas「《對比》反之」

ABC company is extremely innovative, whereas DEF company is very conservative.

「ABC公司極度創新，反之，DEF公司則相當保守。」

⑬even if「《假設》即使」

Even if the company can increase sales this fiscal year, it will face bankruptcy.

「即使那間公司在這個財政年度有辦法增加銷售額，它還是將面臨倒閉。」

⑭even though「《讓步》儘管」（強調although的說法）

Even though the company's wage was raised, the labor union representatives refused to attend the meeting.

「儘管那間公司的工資提高了，工會代表仍拒絕參加會議。」

原來這也是連接詞！(1)

whether「是否⋯⋯」
可以**whether S+V**的形式作為句子中的主詞、補語及受詞。而多益考的大多是**whether**引導的名詞子句作為句子主詞或受詞的題型。

【作為主詞】

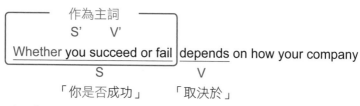

treats you.

⬇

「你是否成功，取決於你的公司怎麼對待你。」

【作為受詞】

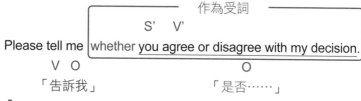

⬇

「請告訴我你是否同意我的決定。」

※有關於**whether**會被出題的其他用法
請將以下的兩個**whether**用法記住。

142

Ch1 詞性

Ch2 形動態詞

Ch3 代名詞

Ch4 不定詞to

Ch5 關係代名詞

Ch6 介系詞

Ch7 連接詞

Ch8 去詞現分和在詞過分

Ch9 當選副擇詞適

Ch10 動介系名詞詞+

Ch11 最比較級高級與

Ch12 其他類

Ch13 第6大題

1. 連接詞whether之後若要接動詞，必須使用「whether to不定詞」的形式。

The company cannot decide whether to transfer the factory to China.

「那間公司無法決定是否要將工廠移至中國。」

2. Whether A or B為「是A或是B」之意，表讓步。

I don't care whether the stock price goes up or falls.

「我不在意股價是上升或是下降。」

小提示

原來這也是連接詞！(2)

that「……這件事」

可以that S+V的形式造出名詞子句，並作為句子中的主詞、補語或受詞。而多益考的大多是that引導的名詞子句作為句子主詞或受詞的題型。

【作為主詞】

作為主詞
        S'   V'
That the company spent too much on marketing | was criticized
                    S   V

「那間公司花了太多錢在行銷這件事」   「被工會批判」

by the labor union.

↓
「那間公司被工會批判花了太多錢在行銷這件事上。」

【作為受詞】

The customers of the mobile phone company complained
　　　　　　　　　　　　　S　　　　　　　　　　　　　　V

S'　　　　　V'
that the sound quality had gotten worse.
──────── 作為受詞 ────────
　　　　　　O
「音質變糟的這件事」

↓
「手機公司的顧客抱怨了音質變糟的這件事。」

Ch1
詞性

Ch2
形容詞動態詞

Ch3
代名詞

Ch4
不定詞to

Ch5
關係代名詞

Ch6
介系詞

Ch7
連接詞

Ch8
去詞現在分詞和過去分詞

Ch9
當選擇題副詞

Ch10
動名詞介系詞+

Ch11
最高級與比較級

Ch12
其他類

Ch13
第6大題

> **目標700分以上的你千萬不要放過！**

應用篇

稍微有難度的連接詞

provided (that)...「《條件》如果……、只要……」

You should take the item to the store to be fixed for free provided that it is still under warranty.

「如果還在保固期，你應該將那項物品拿到店裡免費修理。」

➡ 此用法較if正式，用於契約書等較正式的文書

assuming that...「假如……、假定……」

Assuming that shareholders agree with the proposal, the merger will take place at the end of the fiscal year.

「假如股東同意這項提案，合併將於此財政年度的結尾舉行。」

as soon as...「一……就……」

The president asked staff to send her a copy of the final report as soon as the revisions had been completed.

「董事長要求員工一將最終報告修正完成就要寄給她複本。」

as long as...「只要……」

As of March 1, staff will be allowed to work remotely as long as permission is given by their immediate supervisor.

「從3月1日起，只要有直屬上司的允許，便允許員工進行遠端工作。」

1 We are faced with decline in production, slow-down in wage increases, ------ a rise in the unemployment rate.

(A) and (B) or (C) so (D) as

2 ------ a permanent accounting manager is named, please direct all finance questions to Scott Stevens or Marla Ingham.

(A) Subsequent (B) Sooner (C) Because (D) Until

3 Online purchases can be delivered within 24 hours ------ you sign up for our Premium Membership.

(A) since (B) if (C) what (D) because of

4 ------ the company had to transfer 500 employees to affiliated companies was a difficult decision, but was made nevertheless.

(A) Which (B) That (C) How (D) Where

5 ------ assignments are completed accurately and on time, managers encourage staff to work from home one or two days a week.

(A) Although (B) Provided that (C) Even so (D) Whereas

練習題

Ch1
詞性

Ch2
形容詞動態

Ch3
代名詞

Ch4
不定詞to

Ch5
關係代名詞

Ch6
介系詞

Ch7
連接詞

Ch8
去詞現在分詞和過去分詞

Ch9
當選擇適副詞

Ch10
動名詞介系詞+

Ch11
最高級與比較級

Ch12
其他類

Ch13
第6大題

解答

1. (A) 2. (D) 3. (B) 4. (B) 5. (B)

詳解及翻譯

問題1.

詳解

We are faced with「我們正面臨……」之後舉了3項事項：decline in production、slow-down in wage increases和a rise in the unemployment rate。要將此三者並列的話，即使用A、B and C，因此(A) and為正確答案。

翻譯

我們正面臨生產量下跌、薪資上升緩慢及失業率上升。
(A) ……和……

問題2.

詳解

空格之後、逗號之前為子句（S+V），逗號之後也是子句（S+V），必須使用的是能連接句子與句子的連接詞。選項中能作為連接詞的有(C) Because和(D) Until。空格之後、逗號之前句義為「決定常任會計經理人選」，逗號之後則為「請將所有財政問題交給Scott Stevens或Marla Ingham」，選擇(D)能使語意通順。

翻譯

在決定常任會計經理人選之前，請將所有財政問題交給Scott Stevens或Marla Ingham。

(D)到……之前

問題3.

詳解

空格之前為子句（S+V），空格之後也是子句（S+V），必須使用的
是能連接句子與句子的連接詞。選項中能作為連接詞的有(A) since和
(B) if。空格前的句義為「線上購買的商品可在24小時以內送達」，空
格以後則為「報名加入我們的高級會員」，選擇(B) if「如果……」能
使語意通順。

翻譯

如果報名加入我們的高級會員，線上購買的商品即可在24小時以內送
達。

(B)如果……

問題4.

詳解

------- the company had to transfer 500 employees to affiliated
companies的部分為主詞，動詞was作為述語即可將文法成立。主詞為
名詞或名詞子句，選項中能造出名詞子句的只有(B) That。以that S+V
的形式表「S做了V的這件事」，可作為主詞、補語或受詞，在此句中
則是主詞的角色。

翻譯

那間公司將500名員工調動至隸屬機構的這件事是個有難度的決定，
儘管如此，還是下了決策。

(B) ……的這件事

練習題

Ch1
詞性

Ch2
形動態詞

Ch3
代名詞

Ch4
不定詞to

Ch5
關係代名詞

Ch6
介系詞

Ch7
連接詞

Ch8
去詞現分和在詞過分

Ch9
當副詞適選擇

Ch10
動名詞介系詞+

Ch11
比較級與最高級

Ch12
其他類

Ch13
第6大題

問題5.

詳解

空格之後至逗號之前為子句（S+V），逗號之後也是子句（S+V），必須使用的是能連接句子與句子的連接詞。選項中能作為連接詞的有(A) Although、(B) Provided that和(D)Whereas。空格之後、逗號之前句義為「工作正確無誤又準時地完成」，逗號之後則為「主管們鼓勵員工一週中的一至二天在家工作」，選擇與表達條件的if有相同意義的(B) Provided that能與語意通順。provided that有時也可以省略掉that使用。

翻譯

如果工作能正確無誤又準時地完成，主管們鼓勵員工一週中的一至二天在家工作。

(B) 如果……、只要……

CHAPTER 8

「現在分詞(-ing)
和過去分詞(-ed)」
題型的100%超攻略

- 分詞有現在分詞(-ing)和過去分詞(-ed)。

- 分詞置於名詞之前或之後,作形容詞用修
  飾名詞。

- 要使用現在分詞(-ing)或過去分詞(-ed),
  需從被修飾的名詞詞意來判斷。

- 分詞（特別是過去分詞）題型時常出現在
  考試中,可運用文法書來將其熟練。

什麼是分詞？

分詞為動詞所延伸出，包含了現在分詞（動詞加ing）和過去分詞
（動詞加ed）。這兩者都可作為形容詞來修飾名詞。

到底該用現在分詞還是過去分詞，原則上，若是「正在……」這
樣以主動語意來修飾名詞的話，使用現在分詞；若是「被……」
這樣以被動語意來修飾名詞的話，則使用過去分詞。

現在分詞

a running boy　　　以「正在……」的主動語意來修飾名詞boy
　　修飾
「正在奔跑的男孩」

過去分詞

a written answer　　以「被……」的被動語意來修飾名詞answer
　　修飾
「被寫下的答案」

Ch1 詞性

Ch2 形動態詞

Ch3 代名詞

Ch4 不定詞to

Ch5 關係代名詞

Ch6 介系詞

Ch7 連接詞

Ch8 去詞現分和在詞過分

Ch9 當選副擇詞適

Ch10 動介名系詞詞＋

Ch11 最比較高級級與

Ch12 其他類

Ch13 第6大題

❶ 物品是 「做……」 ？還是 「被……」 ？

> She bought the painting ------- in the lobby of the famous gallery.
>
> (A) decorated (B) decorate (C) decorating (D) decoration

新制多益
出題重點

the painting ------- in the lobby　　　被裝飾的畫
　畫
　　　修飾名詞

詳解

空格之前為名詞painting「畫」，因此得知空格中要填入能修飾名詞、帶有形容詞功用的詞語。選項中有此功用的是現在分詞(C) decorating「正裝飾著」與過去分詞(A) decorated「被裝飾」。考慮到與要修飾的名詞painting之間的關係，「被裝飾的畫」的被動語意較為自然，選擇(A)為正確答案。

——答案 (A) decorated

翻譯

她買的畫被裝飾在知名畫廊的大廳。
(A)被裝飾《過去分詞》

❷ 「正在……」 的人？還是 「正被……」 的人？

> Anyone ------- for the position of plant manager should receive an oral interview.
>
> (A) applied (B) applicant (C) applying (D) apply

新制多益
出題重點

Anyone ------- for the position 　　正在應徵那個職位
無論誰 　　　　　　　　　　　　的無論誰
　　　　修飾名詞

詳解

空格之前為代名詞anyone「任何人」，因此得知空格中要填入能修飾
代名詞、帶有形容詞功用的詞語。apply for為「應徵……」的意思，
考慮到與要修飾的代名詞anyone之間的關係，「正在應徵那個職位的
無論誰」的主動語意較為自然，選擇apply的現在分詞形式(C)。

——答案 (C) applying

翻譯

無論誰正在應徵廠長職位都需接受口試。
(C) 正在應徵《現在分詞》

Ch1
詞性

Ch2
形態詞動

Ch3
代名詞

Ch4
不定詞to

Ch5
關係代名詞

Ch6
介系詞

Ch7
連接詞

Ch8
去詞現分詞和在過分

Ch9
當副選詞擇適

Ch10
動介系名詞詞+

Ch11
最比高較級與

Ch12
其他類

Ch13
第6大題

基礎文法知識 ✏

名詞之前？名詞之後？分詞到底要放在哪裡？

①和②的題型中，分詞都是置於名詞後方來修飾。包含分詞，若要以2個以上的詞語來修飾名詞時，置於名詞之後；若只以一個分詞來修飾名詞時，則置於名詞之前。

置於名詞之後

the painting decorated in the lobby of the famouse gallery

含分詞共2個以上的詞來修飾名詞

由後方修飾前方的名詞

Anyone applying for the position of plant manager

含分詞共2個以上的詞來修飾名詞

由後方修飾前方的名詞

置於名詞之前

increasing sales 「正在增加的銷售額」

由前方修飾後方的名詞

以現在分詞「increasing」1詞
來修飾名詞sales

limited area 「被限制的區域」

由前方修飾後方的名詞

以過去分詞limited「被限制」1詞
來修飾名詞area

考「現在分詞(-ing)和過去分詞(-ed)」 的題型

---

1 U.S. citizens ------- Canada from a third country must have a valid passport.

(A) enter (B) entered (C) entering (D) will enter

---

2 ------- traffic congestion has caused decline in sales of most stores located in the downtown area.

(A) Growth (B) Growing (C) Grown (D) To grow

---

3 As a part of the restructuring plan ------- to reduce costs and boost margins, Greenfield Corporation will shut 50 outlets in the US.

(A) design (B) designing (C) be designed (D) designed

---

4 The packaging ------- by Cooper Plastics Inc. utilizes a new type of synthetic fiber.

(A) manufactures   (B) manufactured
(C) was manufactured   (D) was manufacturing

---

5 ------- productivity has resulted in faster delivery of the product from the plant to the sales outlets.

(A) Improvements (B) Improve (C) Improved (D) Improver

Ch1
詞性

Ch2
形動態詞

Ch3
代名詞

Ch4
不定詞to

Ch5
關係代名詞

Ch6
介系詞

Ch7
連接詞

Ch8
去詞現分和在詞過分

Ch9
當選副擇詞適

Ch10
動介系詞名詞＋

Ch11
最比較級與高級

Ch12
其他類

Ch13
第6大題

解答

1. (C)　2. (B)　3. (D)　4. (B)　5. (C)

詳解及翻譯

問題1.

詳解

must have為述語動詞，而U.S. citizens ------- Canada from a third country則為主詞，因此必須將此句造為名詞片語。空格部分填入作為形容詞功用的分詞，藉此修飾前方的U.S. citizens，即成為名詞片語。由於是主動語態「從第三國入境加拿大的美國國民」，現在分詞(C) entering為正確解答。包含分詞、共2個以上的詞來修飾名詞時，分詞置於要修飾的名詞之後。

翻譯

從第三國入境加拿大的美國公民必須持有有效護照。
(C)入境《現在分詞》

問題2.

詳解

述語動詞為has caused，而------- traffic congestion則為主詞，因此必須將此句造為名詞片語。空格部分填入作為形容詞功用的分詞，藉此修飾後方的traffic congestion。由於是主動語態「交通擁塞的增加」，現在分詞(B) Growing為正確解答。只以單一個分詞來修飾名詞時，分詞置於要修飾的名詞之前。

交通擁塞的增加造成了市中心區域大部分店家的銷售額下降。

(B)增加《現在分詞》

問題3.

詳解

逗點之後的Greenfield Corporation will shut 50 outlets in the US
「Greenfield集團將停止美國50間暢貨中心的營業」以文法上來說是
完整的句子，由此可知此句為主要子句，這時我們就能思考一下，介
系詞As到逗點之間的句子是不是負責修飾的介系詞片語＜介系詞+名
詞（片語）＞呢？

要將介系詞As之後的部分造為名詞片語的話，需在空格中填入分詞，
將------- to reduce costs and boost margins「為了減少花費及增加利
潤」句子成立，並修飾前方的a part of the restructuring plan「調整計
畫的一部分」。

至於要使用現在分詞或過去分詞，由於「計畫」是「被設計」的，帶
有被動語態，因此選擇過去分詞。選項(D) designed為正確答案。包
含分詞、共2個以上的詞來修飾名詞時，分詞置於要修飾的名詞之後。

翻譯

作為減少花費及增加利潤而設計的調整計畫其中一部分，Greenfield集
團將停止美國50間暢貨中心的營業。

(D)被設計《過去分詞》

問題4.

詳解

從動詞utilize已經加上了第三人稱單數s，可以推論utilizes是述語動
詞，而述語動詞之前從The packaging到Inc.的部分即為此句的主
詞。能作為主詞的是名詞（片語），因此空格中要填入分詞，並以

Ch1
詞性

Ch2
形動態詞

Ch3
代名詞

Ch4
不定詞
to

Ch5
關係代名詞

Ch6
介系詞

Ch7
連接詞

Ch8
去詞現分和在過分詞

Ch9
當選擇適副詞

Ch10
動介系名詞詞+

Ch11
最比較級與高級

Ch12
其他類

Ch13
第6大題

-------之後的段落來修飾空格之前的The packaging。又「被Cooper塑膠公司製造的包裝材料」帶有被動語態，因此使用過去分詞，(B) manufactured為正確答案。包含分詞、共2個以上的詞來修飾名詞時，分詞置於要修飾的名詞之後。

翻譯

Cooper塑膠公司製造的包裝材料使用了新種類的人造纖維。
(B)被製造《過去分詞》

....

問題5.

詳解

空格之後為名詞productivity「生產力」，其後緊接著作為述語的動詞has resulted。這時空格中要填入能修飾名詞，有形容詞功用的詞語，空格+productivity為主詞，選項中能作為形容詞使用的是過去分詞(C) Improved「被改善」，正確答案為(C)。

翻譯

生產力被改善後，工廠出產的商品能更迅速地配送到經銷點。
(C)被改善《過去分詞》

CHAPTER 9

「選擇適當副詞」
題型的100%超攻略

- 選項皆為副詞時，常是必須依詞意選擇適當副詞的題型。

- 各式各樣的副詞都會出現，因此很考驗字彙量。

- 閱讀單字書，並將常出題的單字熟記。

基礎文法知識 ✐

務必要記住的基本副詞

①already「《肯定句》已經」

The company has already decided to close five branches.

「那家公司已經決定要關閉五家分店了。」

➡ 大多與現在完成式連用，但也有部分例外。

②almost「幾乎」（= nearly）

The company is going to lay off almost all the workers in unprofitable factories.

「那間公司將要從無利潤的工廠中把幾乎全部的員工解雇。」

➡ almost all... = most of ... = 「幾乎全部的……」

③always「總是、一直」

Customer satisfaction is always our top priority.

「顧客滿意度一直都是我們的最優先事項。」

④just「正好、剛才」

The keynote speaker has just arrived at the auditorium.

「主講者剛抵達禮堂。」

➡ 表「剛才」時，大多與現在完成式連用。

⑤never「《完成式》從來沒……、《現在、過去、未來式》絕不……」

I have never seen such an amazing presentation before.

「我從來沒見過如此令人驚喜的報告。」

Ch1
詞性

Ch2
形動
態詞

Ch3
代名詞

Ch4
不定
詞to

Ch5
關係代名詞

Ch6
介系詞

Ch7
連接詞

Ch8
去詞現
分和在
詞過分

Ch9
當選
副擇
詞適

Ch10
動介
名系
詞詞+

Ch11
最比
高較
級與

Ch12
其他類

Ch13
第6大題

We <u>will</u> never forget your commitment to the community.
「我們<u>絕不</u>會忘記你對社會的奉獻。」

⑥**ever**「《疑問句》至今、《與最高級連用》至今（……之中）」
Have you ever been to Wall Street in Manhattan?
「你<u>至今為止</u>有去過位於曼哈頓的華爾街嗎？」
This is definitely <u>the most</u> informative workshop I've ever attended.
「這確實是我<u>至今</u>參加過的研討會<u>之中</u>最能增廣見聞的。」

⑦**still**「還是、仍舊」
The office is still under construction.
「辦公室<u>還在</u>施工中。」

⑧**yet**「《肯定的疑問句》已經、《否定句》還沒」
Has she called back yet?
「她回<u>電了沒</u>？」
I haven't read your email yet.
「我<u>還沒</u>看你的電子郵件。」

➡ yet是時常跟not連用的副詞。於否定句使用yet時，一般置於句尾，但多益常將其置於not之後，並以此形式出題。
Items have <u>not</u> yet been delivered to me.
「商品<u>還沒</u>運送到我這裡。」

➡ yet的另外用法便是像 have yet to be determined這樣使用have yet to形式來表現，多益也曾出過have yet to「至今尚未」的題型。雖然形式上是肯定句，但內容卻是否定語氣，相當容易混淆，請考生多加注意。

❶ 常與現在完成式連用的副詞

> According to the chief financial officer, the two largest subsidiaries have ------- reached the goal of this year.
>
> (A) already (B) still (C) always (D) ever

新制多益
出題重點

填入空格中能使語意通順的副詞為何？

↓

the two largest subsidiaries have ------- reached the goal
那兩家主要的子公司　　　　　↑　　　達到目標
　　　　　　　　　動詞為現在完成式

詳解

在選項中的盡是大家常見到的簡單副詞，我們必須從語意將正確答案導出。能填入「那兩家主要的子公司-------達到目標」中的-------，並使語意通順的只有(A) already「已經」。already是時常與現在完成式連用的副詞，而(D) ever則是時常與完成式的疑問句連用的副詞，以「至今（曾……嗎）」來詢問《經驗》並使用完成式。請不要將兩者混淆囉！

——答案 (A) already

翻譯

根據財務長（CFO）所說，那兩家主要的子公司都已經達到今年的目標了。

(A)已經

Ch1
詞性

Ch2
形動態詞

Ch3
代名詞

Ch4
不定詞 to

Ch5
關係代名詞

Ch6
介系詞

Ch7
連接詞

Ch8
去詞現分和在詞過分

Ch9
當選副擇詞適

Ch10
動介名系詞詞+

Ch11
最比較高級與級

Ch12
其他類

Ch13
第6大題

❷ 雖然稍微有點難度，但有時還是會出題的yet的使用方法

Although committee members have decided on the meeting date, they have ------- to set an exact time.

(A) yet (B) ever (C) just (D) already

新制多益
出題重點

have ------- to set
⤴若清楚用法，看了空格前後應該就會馬上了解

詳解

選項中有各式副詞，但此題中前、後為have和to是一大重點。have yet to...表「至今尚未」，形式上為肯定句，但卻是否定語意，相當容易混淆，請一定要注意。

—— 答案 (A) yet

翻譯

雖然委員會的成員已經決定了會議日期，但至今尚未訂下確切時間。
(A)還沒

❸ 選項中排列著各類副詞，從中選出 「適當副詞」 的題型

After years of being painted, the museum has ------- finished renovating its two main buildings.

(A) marginally (B) finally (C) exclusively (D) suspiciously

After years of being painted,
經過多年上漆

the museum has ------- finished renovating
美術館　　　　　↑ 整修完畢
　　　　　　　　└ 怎樣地？

詳解

如果瞭解選項中各個副詞意義的話，便能簡單地解開問題。即使不知道所有選項的意思，也可以運用知道的字，透過消去法來選出使語意相通的詞。此句為「經過多年上漆，那間美術館主要的兩個建築物-------整修完畢」之意，句首到逗點前的部分已經說明整修花了多年，現在「終於」完成，此詞使語意通順，故選擇(B) finally。

——答案 (B) finally

翻譯

經過多年上漆（修復繪畫）之後，那間美術館主要的兩個建築物終於整修完畢。
(B) 終於

小提示

重覆被出題的副詞

①**finally「終於、最後」**
We have finally reached an agreement with the Swedish company.
「本公司終於與那間瑞典企業達成協議。」
➡ 常與現在完成式連用。

Ch1
詞性

Ch2
形動
態詞

Ch3
代名詞

Ch4
不定
to

Ch5
關係代名詞

Ch6
介系詞

Ch7
連接詞

Ch8
去詞現
分和在分
詞他過分

Ch9
當選
副詞適
詞

Ch10
動介名系詞詞+

Ch11
最比
高較
級級
與

Ch12
其他類

Ch13
第6大題

②**recently**「最近、近來」

The headquarters has recently moved to San Francisco.

「總公司最近遷移到舊金山了。」

➡ 常與過去式和現在完成式連用，通常不會與現在式一起使用。

③**immediately**「直接地、立即」

The company immediately held a press conference to announce a recall of the product.

「那間企業立即舉行記者會宣布回收該商品。」

④**promptly**「立刻、立即」

He resigned promptly after the bribery had been revealed.

「收賄一事曝光之後，他立即辭職了。」

⑤**nearly**「幾乎、差不多」（= almost）

The leading financial company hired nearly 2,000 new graduates this year.

「那間金融領導企業今年雇用了差不多快2000人的畢業生。」

⑥**approximately**「大約」（= about、roughly）

Our company has approximately 17,500 employees in 35 countries.

「我們公司大約有17500位員工分佈於35個國家。」

⑦**exclusively**「專門、僅僅」（= only）

All of our products are manufactured exclusively in Italy.

「本公司的產品僅於義大利製造。」

⑧**completely**「完全地、徹底地」

This program will provide you with an excellent opportunity to

work with people who have completely different backgrounds.
「此項計畫提供你一個極佳機會，能與完全不同背景的人一同工作。」

⑨**substantially「相當多地、大程度地」（= considerably、significantly）**
The number of smokers has declined substantially over the past few decades.
「過去數十年間，抽菸的人數大幅地減少。」

⑩**highly「（程度）高、非常」**
Her expertise is highly valued.
「她的專長被高度讚賞。」
➡ 表「（高度）高」的副詞為high，不要搞混囉！

⑪**currently「現在」（= now）**
The company is currently investigating the massive data leak.
「那間公司現在正在調查大量數據洩漏事件。」
➡ 比起now來說是較為正式的用法。

⑫**significantly「顯著地、相當數量地」（= considerably、substantially）**
Earnings this quarter have increased significantly.
「這季的利潤顯著地增加了。」

⑬**marginally「少量地、略微地」**
His company was marginally profitable last year.
「他的公司去年只有少量地獲利。」

除上述內容之外，還有各式各樣的副詞會出現在題目中。選擇適當副詞的題型如同單字題，若不充分了解意思，是選擇不出來的，且最近考試也增加了許多較正式、常於商業文書中使用、較有難度的副詞題型。

Ch1 詞性

Ch2 形動態詞

Ch3 代名詞

Ch4 不定詞 to

Ch5 關係代名詞

Ch6 介系詞

Ch7 連接詞

Ch8 現在分詞和過去分詞

Ch9 選擇適當副詞

Ch10 介系詞＋動名詞

Ch11 比較級與最高級

Ch12 其他類

Ch13 第6大題

應用篇

行有餘力的話，這些副詞也希望你能記起來

①barely「幾乎不」

We could barely meet the deadline.

「我們差點就沒趕上截止期限。」

②briefly「簡短地、短暫地」

Please respond to the questions briefly.

「請簡短地回答問題。」

③comparatively「相對地」

Sales have been comparatively strong this year.

「今年的銷售額相對較佳。」

④consequently「因此」

Consequently, we will postpone the meeting until next week.

「因此，我們將會議延期至下週。」

⑤considerably「相當、非常」

The cost of living is considerably higher in large cities.

「大都市的生活費相當地高。」

⑥generously「慷慨地、不吝嗇地」

Research has been generously supported by NRS, Inc.

「研究得到NRS股份有限公司不吝嗇地支援。」

Ch1
詞性

Ch2
形動態詞

Ch3
代名詞

Ch4
不定詞to

Ch5
關係代名詞

Ch6
介系詞

Ch7
連接詞

Ch8
去詞現分和在詞過分

Ch9
當選副擇詞適

Ch10
動介名系詞詞+

Ch11
最比高較級與

Ch12
其他類

Ch13
第6大題

⑦**mutually**「互相」

The terms of the contract were mutually agreeable.

「<u>互相</u>讚同合約中的條款。」

⑧**properly**「恰當地」

Please ensure that your safety equipment is properly maintained.

「請確保你的安全裝置<u>恰當地</u>配備好。」

⑨**roughly**「大約、大致」

Roughly one-third of the applicants were accepted.

「<u>大約</u>三分之一的申請人都被錄取了。」

⑩**steadily**「穩定地」

Sales have been growing steadily since last September.

「從去年九月開始銷售額<u>穩定</u>成長。」

考「選擇適當副詞」的題型

1　1. Mr. Ito has ------- arrived in New York and will see one of the famous AIDS researchers to discuss an effective remedy.

(A) yet　(B) soon　(C) already　(D) still

2　Although the Commerce Department has taken measures to reduce the trade imbalance with Australia, it has ------- not been able to do so.

(A) just　(B) still　(C) yet　(D) always

3　The local government is working ------- with the owners of downtown businesses to ensure adequate parking is available for shoppers.

(A) closely　(B) near　(C) hardly　(D) over

4　Although the data published in our report is ------- quite accurate, future earnings of companies are purely estimates.

(A) generally　(B) willingly　(C) steadily　(D) continuously

5　Please note that this device will not operate ------- until you have completed the online registration.

(A) generously　(B) significantly
(C) properly　　(D) accidentally

Ch1
詞性

Ch2
形動
態詞

Ch3
代名詞

Ch4
不定詞
to

Ch5
關係代名詞

Ch6
介系詞

Ch7
連接詞

Ch8
去詞現
分和在
詞過分

Ch9
當選擇
副詞適

Ch10
動介系
名詞詞+

Ch11
最比
高較
級與

Ch12
其他類

Ch13
第6大題

解答

1. (C)　2. (B)　3. (A)　4. (A)　5. (C)

詳解及翻譯

問題1.

詳解

選項皆為常與完成式連用的副詞，從中必須選出符合語意的詞。句子的中譯為「Ito先生-------抵達紐約，他將與一位著名的愛滋病研究家見面並討論有效療法。」，空格填入(C) already「已經」最符合語意。

翻譯

Ito先生已經抵達紐約，他將與一位著名的愛滋病研究家見面並討論有效療法。

(C) 已經

問題2.

詳解

選項皆為常與完成式連用的副詞，從中必須選出符合語意的詞。句子的中譯為「雖然商務部對減少與澳洲的貿易不平衡採取了措施，-------無法如願。」，空格填入(B) still「還是、仍舊」最符合語意。(C) yet使用於否定句時，擺在not之後，以not yet的形式呈現。

翻譯

雖然商務部對減少與澳洲的貿易不平衡採取了措施，卻仍無法如願。

(B) 還是、仍舊

問題3.

詳解

由選項為各式副詞可知此題為填入適當副詞的題型。空格前、後的is working with「與……合作」是重大提示。選項中放入is working 和 with中，能使語意通順的只有(A) closely「密切地」，work closely with...表「與……密切地合作」，請將這個副詞加動詞的組合用法背誦起來。

翻譯

當地政府與市區的企業主們密切合作，以確保有足夠的停車位提供給購物者。

(A) 密切地

問題4.

詳解

由選項為各式副詞可知此題為填入適當副詞的題型。句子的中譯為「雖然我們報告上發表的數據-------準確，但公司未來的利潤還只是估計。」，填入空格部分符合語意的只有(A) generally「大體上、普遍地」。

翻譯

雖然我們報告上發表的數據大體上準確，但公司未來的利潤還只是估計。

(A) 大體上、普遍地

練習題

Ch1
詞性

Ch2
形動態詞

Ch3
代名詞

Ch4
不定詞 to

Ch5
關係代名詞

Ch6
介系詞

Ch7
連接詞

Ch8
去詞現和在詞分過分

Ch9
當選副擇詞適

Ch10
動介名系詞詞 +

Ch11
最比高較級與

Ch12
其他類

Ch13
第6大題

問題5.

詳解

由選項為各式副詞可知此題為填入適當副詞的題型。句子的中譯為「請注意，直到你完成線上註冊之前，此裝置都不會-------運作。」，填入空格部分符合語意的只有(C) properly「正常地」。

翻譯

請注意，直到你完成線上註冊之前，此裝置都不會正常地運作。
(C) 正常地

CHAPTER 10

「介系詞 + 動名詞」
題型的100%超攻略

- 介系詞之後接的是名詞或名詞片語。
- 介系詞之後若想接有動詞作用的詞,則使用動名詞。(動名詞同時有動詞與名詞的功能性)

因為是介系詞+名詞（片語）……

介系詞之後接的是名詞或名詞片語。而介系詞之後接動詞時，則須將其改為動名詞形式。

動名詞為動詞+ing的形式，表「做……的這件事」。動名詞是從動詞轉變為名詞的詞性，因此同時擁有<u>名詞的性質</u>與<u>動詞的性質</u>。

介系詞+動名詞+動名詞的受詞

常見題型的其中一種為介系詞+（　）+名詞（片語）的形式。這時的名詞（片語）有可能是動作的受詞。詳閱句子，若空格之後的名詞（片語）的確為受詞，則空格中填入動名詞，能使「介系詞 + 動名詞 + 動名詞的受詞」文法成立。

❶ 冠詞a和the 之後接的是「名詞」

Trade liberalization has played a vital role in ------- global economic growth.

(A) promotion (B) promotive (C) promoting (D) promote

新制多益
出題重點

in ------- global economic growth
介系詞　　　　　名詞=受詞
介系詞之後的名詞（片語）為-------要填入之詞的受詞

詳解

空格之前的in為介系詞。介系詞之後必須接有名詞功能性的詞，因此

Ch1
詞性

Ch2
形動
態詞

Ch3
代名詞

Ch4
不定詞
to

Ch5
關係代名詞

Ch6
介系詞

Ch7
連接詞

Ch8
去詞現
分和在
詞過分

Ch9
當選擇
副詞適

Ch10
動介
名系
詞詞
+

Ch11
最比
高較
級級
與

Ch12
其他類

Ch13
第6大題

很容易認為答案是(A)的promotion「促進」，但其實此選項是錯誤的。空格之後緊接著名詞片語的global economic growth「全球經濟的成長」，受詞之前必須填入有動詞功能性的詞語。同時有名詞及動詞功能性的詞即為動名詞，因此(C) promoting「促進」為正確答案。

——答案 (C) promoting

翻譯

貿易自由化在促進全球經濟的成長上扮演了重要的角色。
(C) 促進《動名詞》

小提示

介系詞有in, at, of, on, during, despite等非常多種類，必須特別注意的是像**before, after, until, since**這些可同時作為連接詞及介系詞的詞語。

這些詞也會出現在連接詞題型中（詳情請參照p.122）。

Before ------- the convention center, your personal belongings will be inspected by security.

(A) entrance (B) enter (C) entering (D) entered

Before ------- the convention center,

介系詞 ↗ ↖ 受詞

介系詞之後的名詞（片語）為-------要填入之詞的受詞

Before之後沒有連接句子（S+V），我們可以由此得知此為介系詞。介系詞之後必須連接有名詞功用的詞。而空格之後接的是作為受詞的名詞the convention center「會議中心」，此受詞之前則又必須接有動詞功用的詞，同時有名詞及動詞功能性的詞即為動名詞，因此(C) entering「進入」為正確答案。

——答案 (C) entering

翻譯

在進入會議中心之前，你的私人物品將交由警衛檢查。
(C) 進入《動名詞》

Ch1
詞性

Ch2
形容詞動態詞

Ch3
代名詞

Ch4
不定詞to

Ch5
關係代名詞

Ch6
介系詞

Ch7
連接詞

Ch8
去詞現分和在過分詞

Ch9
當選擇適副詞

Ch10
介系詞+動名詞

Ch11
比較級與最高級

Ch12
其他類

Ch13
第6大題

練習題大挑戰 10

考「介系詞+動名詞」的題型

---

1 After ------- the offices in South-East Asia for five years, William Prescott was promoted to the vice president.

(A) operate (B) operated (C) operation (D) operating

---

2 We need someone in our office to take charge of ------- our reference files.

(A) organizing   (B) organized
(C) organization   (D) organize

---

3 The management and staff of International Hotels look forward to ------- your company's upcoming job fair on May 31.

(A) host (B) hosting (C) hosted (D) hosts

---

4 To prevent the fabric from ------- , most manufactures prewash material at high temperatures before making finished products.

(A) shrunken (B) shrink (C) shrinking (D) shrunk

---

5 All passengers are reminded that you must show a valid passport to ground staff prior to ------- the aircraft.

(A) board (B) boarding (C) boarded (D) be boarded

1. (D)　2. (A)　3. (B)　4. (C)　5. (B)

詳解及翻譯

問題1.

詳解

將任何一個選項填入空格，After之後都不會成為句子（S+V）。我們可以由此得知After不為連接詞，而是介系詞。介系詞連接名詞（片語），而空格之後接的是the offices in...的名詞片語，且此名詞片語為空格需填入動詞之受詞。因此同時有名詞及動詞功能性的動名詞(D) operating為正確答案。

翻譯

在營運了東南亞的辦事處五年之後，William Prescott被升職為副總經理。
(D)營運《動名詞》

問題2.

詳解

空格前的介系詞為of。介系詞之後需接名詞或名詞片語，此題中的空格之後還有作為受詞的our reference files，空格中必須填入有動詞功用的詞，因此同時有名詞及動詞兩種功能性的動名詞(A) organizing為正解。

練習題

Ch1
詞性

Ch2
形容動詞態詞

Ch3
代名詞

Ch4
不定詞to

Ch5
關係代名詞

Ch6
介系詞

Ch7
連接詞

Ch8
去詞現分和在詞過分

Ch9
當選副擇詞適

Ch10
動介名系詞詞+

Ch11
最比高較級級與

Ch12
其他類

Ch13
第6大題

翻譯

我們需要有人在辦公室裡負責整理參考文件。

(A)整理《動名詞》

問題3.

詳解

空格前的慣用用法look forward to...「期盼……」中的to為介系詞。介系詞之後必須接名詞或名詞片語，而空格之後又接了受詞your company's upcoming job fair，空格中必須填入有動詞功用的詞，因此同時有名詞及動詞兩種功能性的動名詞(B) hosting為正確選項。

翻譯

國際飯店的管理層與員工都期盼於5月31日主辦貴公司的職業博覽會。

(B)主辦《動名詞》

問題4.

詳解

空格之前的介系詞為from。介系詞之後必須接名詞或名詞片語，選項中排列著動詞shrink的各種形態，同時有動詞shrink的功能性，又能使用於名詞片語的詞性為動名詞，因此正確答案是(C) shrinking。

翻譯

為預防布料縮水，大部分製造商會在完成商品之前以高溫清洗布料。

(C)縮小《動名詞》

問題5.

空格前的prior to...為表「在……之前」的片語介系詞。介系詞之後必須接名詞或名詞片語。而空格後又接了作為受詞的名詞the aircraft，因此空格中必須填入有動詞作用的詞。同時有名詞及動詞兩種功能性的動名詞(B) boarding為正確選項。

翻譯

提醒各位乘客，您必須在登機之前向地勤人員出示有效護照。

(B)搭乘《動名詞》

CHAPTER 11

「比較級與最高級」
題型的100%超攻略

- 考<比較級+than>用法的簡單題型常在考試中出現。
- 比起最高級來說,比較級的出題頻率較高。

什麼是比較級？

比較兩物時，形容詞或副詞要變為比較級的形式。

比較級句子的造句方法

• 1個音節的單字

形容詞或副詞的字尾加上-er，成為＜-er than...＞的形態。

He is taller than she (is). 「他比她高。」

• 2個音節以上的單字

形容詞或副詞之前加上 more，成為＜more～ than...＞的形態。

The express train runs more rapidly than the local train (does).

「特快車比普通車開得還快。」

有些詞的比較級不在語尾加-er，而是以變形來表示。

例）

good/well	— better【形】較好的、【副】更好地
bad	— worse【形】更壞的
many/much	— more【形】更多的、【副】更
little	— less【形】更少的、【副】更少地

❶ 考＜-er than...＞形態的比較級題型

The number of personal bankruptcies in the first three months of this year was ------- than we had expected.

(A) more higher (B) highest (C) as higher (D) higher

Ch1 詞性
Ch2 形動態詞
Ch3 代名詞
Ch4 不定詞to
Ch5 關係代名詞
Ch6 介系詞
Ch7 連接詞
Ch8 去詞現分和在詞過分
Ch9 當選副擇詞適
Ch10 動介名詞+
Ch11 最比高較級與
Ch12 其他類
Ch13 第6大題

was ------- than we had expected
有出現than
↓
知道是比較級的句子

詳解

空格之後緊接著表達比較級時會用到的than。這時就確認一下選項中有沒有比較級（more～或-er形）吧！乍看之下可能會以為(A) more higher和 (C) as higher也是比較級，其實不然。high「高的」的比較級只需加＜-er＞，因此是不會像(A) more higher這樣在前方加more的，且more之後接的形容詞也不會加上-er。而比較級也不像(C) as higher這樣在前方加個as，因此答案就是(D) higher「較高的」。

——答案 (D) higher

翻譯

今年前三個月的個人破產總數比我們當初預期的還高。
(D)較高的《形容詞high的比較級》

❷ 考＜more ～ than...＞形態的比較級題型

The new proposal was received ------- by the authorities than the original proposal.

(A) enthusiasm   (B) more enthusiastically

(C) enthusiastic   (D) enthusiastically

received ------- by the authorities <u>than</u>

有出現than

↓

知道是比較級的句子

詳解

空格之後有出現表達比較級時會用到的than。我們由此可知此句為比較級句子，而修飾動詞was received「被接受」（動詞receive的被動式）的是副詞enthusiastically「熱烈地」。enthusiastically為2個音節以上的單字，因此比較級形態需加上more，變為more enthusiastically，答案為(B)。

——答案 (B) more enthusiastically

翻譯

那項新提案比起原來的提案更加被權威人士熱烈地接受。

(B)較熱烈地《副詞enthusiastically的比較級》

Ch1 詞性

Ch2 形態動詞

Ch3 代名詞

Ch4 不定to

Ch5 關係代名詞

Ch6 介系詞

Ch7 連接詞

Ch8 去詞現分和在過分

Ch9 當選副擇詞適

Ch10 動名詞+介系詞

Ch11 最比高較級與級

Ch12 其他類

Ch13 第6大題

> 目標700分以上的你千萬不要放過！

應用篇

同等比較

同等比較以＜as～as＞的形態表達「和……一樣……」。

＜as～as＞的～部分要填入的是形容詞或副詞的原級（原形）。至於要填入形容詞還是副詞，則從動詞來決定。動詞為be動詞時使用形容詞，一般動詞則使用副詞。

The project completed as smoothly as the last one (did).

「這次的企畫跟上次一樣流暢地完成了。」

強調比較級

要強調比較級時，可以在比較級前加上much、far、even等詞。

❸ 選出強調比較級之副詞的題型

> The result is ------- more important than the process.
>
> (A) ever (B) further (C) much (D) like

新制多益出題重點

is -------> more important
　　　　比較級

強調比較級

詳解

空格之後馬上接了比較級的more important「更重要的」。且空格中

即使不填入任何詞，句子也成立，由此可推測這裡是要填入強調比較級的詞。選項中能夠拿來強調比較級的只有(C) much「遠比、……得多」，同樣類型的題目有可能會改變空格位置，以much ------- than的形式出題，這時就要選擇more了。即使空格位置不同，也請把握住此類題型的分數！

——答案 (C) much

翻譯

結果比起過程重要得多。

(C) 遠比、……得多《強調比較級》

基礎文法知識

什麼是最高級？
- 比較三個以上物品，表達「最……」時使用。
- 形容詞和副詞要改變為最高級的形式來使用。
- 形容詞和副詞最高級前的冠詞常會加上the，若是接於代名詞所有格之後，則不需加上the。

one of <u>the</u> most admired companies
「最備受誇獎的其中一間公司」

代名詞所有格
↓
<u>my</u> happiest memory　「我最開心的回憶」
↑
不加the。

最高級句子的造句方法
● **1個音節的單字**
形容詞或副詞的字尾加上-est，成為＜the -est＞的形態。

Ch1
詞性

Ch2
形動
態詞

Ch3
代名
詞

Ch4
不定
詞to

Ch5
關係代名詞

Ch6
介系
詞

Ch7
連接
詞

Ch8
去詞現
分和在
詞過分

Ch9
當選
副擇
詞適

Ch10
動介
名系
詞詞＋

Ch11
最比
高較
級與級

Ch12
其他
類

Ch13
第6大
題

He is the richest man in the city. 「他是那個城鎮裡最有錢的男人。」

● **2個音節以上的單字**

形容詞或副詞之前加上the most，成為＜the most～＞的形態。

Kyoto is the most beautiful city in the country.「京都是日本最美的城市。」

最高級要表現比較對象或範圍時，常在後方連接＜in～＞或＜of～＞等用法，也常見使用有「到現在為止」之意的ever來表達。

Employees are the most valuable assets in the company.
「員工是公司裡最貴重的資產。」
She is the most punctual of all students.
「她是所有學生裡最守時的。」
ABC Corporation is the best company that I have ever worked for.
「ABC集團是我工作過最棒的公司。」

有些詞的比較級不在語尾加-est，而是以變形來表示。
例）
good/well — best【形】最好的、【副】最好地
bad — worst【形】最壞的
many/much — most【形】最多的、【副】最
little — least【形】最少的、【副】最少地

❹ 考＜the -est＞形態的最高級題型

> ABC Corporation is the ------- manufacturer of semiconductors in the world.
>
> (A) most largest (B) larger (C) more larger (D) largest

the ------- manufacturer   in the world.
└使用於最高級的the   └ 表比較對象或範圍的in

詳解

空格之前是使用於最高級的the，之後則有表示比較對象或範圍的in。這時趕緊確認選項有無最高級的詞，而乍看形式可能會以為(A) most largest也是最高級，但這是錯誤的。形容詞large「大的」的最高級為＜the -est＞形態的the largest，因此不會像(A) most largest在前方加上most，正確答案為(D) largest「最大的」。

——答案 (D) largest

翻譯

ABC集團是世界最大的半導體製造商。
(D)最大的《形容詞large的最高級》

Ch1 詞性
Ch2 形容詞動態詞
Ch3 代名詞
Ch4 不定詞to
Ch5 關係代名詞
Ch6 介系詞
Ch7 連接詞
Ch8 去詞現在分詞和過分詞
Ch9 當選擇適副詞
Ch10 動名系詞詞＋
Ch11 最高較級與級比
Ch12 其他類
Ch13 第6大題

❺ 考＜the most ～＞形態的最高級題型

Olive Stern's parents were pleased when he was hired by the ------- law firm in the city.

(A) most prominent　　(B) mostly prominent

(C) almost prominent　　(D) more prominent

新制多益
出題重點

the ------- law firm in the city
↑使用於最高級的the　↑表比較對象或範圍的in

詳解

空格之前是使用於最高級的the，之後則有表示比較對象或範圍的in。這時趕緊確認選項有無最高級的詞，選項中為最高級的只有(A) most prominent「最著名的」，因此正確答案為(A)。另外，副詞mostly「通常」和almost「幾乎」兩者與most相似，但意義上來說是完全不同的詞，請考生多加注意。

——答案　(A) most prominent

翻譯

Olive Stern被城裡最著名的法律事務所錄用時，她的父母很開心。

(A) 最著名的《形容詞prominent的最高級》

❻ 使用到ever的最高級題型

> Although the company spent much money on the advertising campaign, the executives were shocked at the ------- results they had ever had.
>
> (A) poor　(B) poorer　(C) poorest　(D)most poor

新制多益
出題重點

使用於最高級的the
↓
the ------- results they had <u>ever</u> had
　　　　　　　　　　　　　　↑
　　　　　　ever常被用於最高級的句子

詳解

看一眼選項會發現是poor「（成績）差的」的各型態，而空格前有the，且空格後的名詞results後面接了ever「到現在為止」的關係子句（這裡的關係代名詞受格which/that被省略）來修飾，由此可推測此句為最高級句子。以外觀上來說可能會誤認(D)most poor也是最高級，但poor的最高級只需在字尾加上＜-est＞，因此(C) poorest「最差的」為正確答案。

——答案　(C) poorest

翻譯

儘管那間公司花了很多錢在廣告活動上，主管階層對至今得到過最差的結果感到相當震驚。

(C) 最差的《形容詞poor的最高級》

Ch1 詞性
Ch2 形容詞動態詞
Ch3 代名詞
Ch4 不定詞 to
Ch5 關係代名詞
Ch6 介系詞
Ch7 連接詞
Ch8 去詞現分和在過分詞
Ch9 當選擇副詞適
Ch10 動介系名詞詞 +
Ch11 最比較高級與級
Ch12 其他類
Ch13 第6大題

練習題大挑戰 11

考「比較級與最高級」的題型

1　Laptops in this year's product line are ------- than previous models, which has made them more popular with business travelers.

(A) slimmer　(B) slimmest　(C) slim　(D) slimness

2　The TG-600 series printers operate ------- than any other products currently on the market.

(A) efficiently　　　　　　(B) more efficiently
(C) most efficient　　　　(D) efficient

3　It was revealed that the average personal income of Williamsford residents was the ------- of all cities.

(A) highest　(B) higher　(C) high　(D) highly

4　The international business community realized that the Chinese market is ------- more valuable than that of America.

(A) further　(B) much　(C) ever　(D) so

5   The automobile company exhibited its ------- models in the history of the company.

(A) more expensive   (B) less expensive
(C) even expensive   (D) most expensive

Ch1 詞性

Ch2 形態動詞

Ch3 代名詞

Ch4 不定詞 to

Ch5 關係代名詞

Ch6 介系詞

Ch7 連接詞

Ch8 去詞現分和在詞過分

Ch9 當選副詞適

Ch10 動介名詞系詞+

Ch11 最比高較級與級

Ch12 其他類

Ch13 第6大題

解答

1. (A)　2. (B)　3. (A)　4. (B)　5. (D)

詳解及翻譯

問題1.

詳解

選項為比較級和最高級相關的形態時，要知道正確答案為何就要靠確認空格前後的字詞來找出。若比較級是正確答案，空格之後應該會有than才對，本題即是此例。而動詞are為be動詞，因此接續be動詞的形容詞比較級(A) slimmer為正確答案，像slim這樣只有一個音節的單字，比較級須在字尾加上-er成為slimmer，而非使用more。

翻譯

今年生產線上的筆記型電腦比前一個型號輕薄，使它們更受到商務旅行者的歡迎。

(A)較輕薄《形容詞slim的比較級》

問題2.

詳解

選項為比較級和最高級相關的形態時，要知道正確答案為何就要靠確認空格前後的字詞來找出。若比較級是正確答案，空格之後應該會有than才對，此題即是此例。而動詞operate為一般動詞，因此修飾此動詞的副詞比較級(B) more efficiently為正確答案。

翻譯

TG-600系列印表機運作得比近期市面上的其他產品都還要有效率。

(B)較有效率地《形容詞efficiently的比較級》

問題3.

【詳解】

選項為比較級和最高級相關的形態時，要知道正確答案為何就要靠確認空格前後的字詞來找出。此題空格前有the，且空格後方有表示比較對象或範圍的of～，這也是提示之一。形容詞high的最高級(A) highest為正確答案。像high這樣只有一個音節的單字，不須加most，而是在字尾加上-est變為highest的形式。

【翻譯】

Williamsford居民的平均個人所得是所有城鎮中最高的這件事被揭露出來。

(A) 最高的《形容詞high的最高級》

問題4.

【詳解】

空格之後馬上接續了形容詞比較級的more valuable。即使空格中不填入任何詞句子也會成立，同時選項中有強調比較級用的much。由此可知(B) much為正解。強調比較級時會在比較級之前加上much、far、even等詞。

【翻譯】

國際商業界發現中國市場比美國市場重要得多。

(B)……得多《強調比較級、最高級》

練習題

Ch1
詞性

Ch2
形態詞動

Ch3
代名詞

Ch4
不定詞
to

Ch5
關係代名詞

Ch6
介系詞

Ch7
連接詞

Ch8
去詞現在
分和過分
詞

Ch9
當選
副擇
詞適

Ch10
動介系詞＋
名詞

Ch11
最比
高較
級與級

Ch12
其他類

Ch13
第6大題

問題5.

詳解

選項為比較級和最高級相關的形態時，要知道正確答案為何就要靠確認空格前後的字詞來找出。若最高級是正確答案，空格之前應該會有the才對，但此題用到了代名詞所有格its，則不能加上the。且空格後有表示比較範圍或對象的in～也是提示之一。考慮到語意，形容詞expensive最高級的(D) most expensive為正確答案。

翻譯

那間汽車公司展示了其歷史上最昂貴的汽車模型。
(D)最昂貴《形容詞expensive的最高級》

CHAPTER 12

「其他類」題型的 100%超攻略

● 此章節中將對第五大題中有機會出題的其他類問題做介紹。

● both A and B等「相關連接詞」是有背有分的題型,請將主要的幾個用法記起來。

● 關於及物動詞之後接的是動名詞還是to不定詞的題型也有可能出現。

● 表示建議、要求、推薦的動詞所接續that子句內的動詞形態也曾出題。

1. both A and B, either A or B, neither A nor B, between A and B題型

像以下這些成對的詞語就叫做相關連接詞。雖不像以前這麼常出現，但1年內的出題數量還是不少。

> ### 基礎文法知識 ✏
>
> 相關連接詞是什麼？
>
> **both A and B「A和B兩者都……」**
> Your presentation was both interesting and informative.
> 「你的發表既有趣又能增廣見聞。」
>
> **either A or B「《肯定句》A或B其中之一」**
> The new smartphone will be delivered either today or tomorrow.
> 「新的智慧型手機將在今天或明天被送達。」
>
> **neither A nor B「A和B皆不……」**
> He was neither passionate nor professional about his work.
> 「他對他的工作既沒有熱情又不專業。」
>
> **between A and B「在A和B之間」**
> This program will help bridge the communication gap between the management and employees.
> 「此項計畫將有助於在資方及勞方之間搭起橋梁，克服交流的隔閡。」

Ch1
詞性

Ch2
形容詞
動態

Ch3
代名詞

Ch4
不定詞 to

Ch5
關係代名詞

Ch6
介系詞

Ch7
連接詞

Ch8
去詞現
分詞和在
過分

Ch9
當選擇適
副詞

Ch10
動介系詞
名詞 +

Ch11
最比
高較
級級
與

Ch12
其他類

Ch13
第6大題

❶ 考相關連接詞的題型

Delivery of your purchase can be made by ------- regular mail or express courier service but the cost for the latter is quite high.

(A) whether (B) between (C) either (D) whichever

新制多益
出題重點

------- regular mail or express courier service
　　　　普通郵件　↑　　　　快遞

詳解

若了解either A or B「A或B其中之一」的慣用表達，在看到or的瞬間就大概能猜到要選擇(C) either了。而語意也符合，故選擇(C)。

——答案 (C) either

翻譯

您所購買的物品可以普通郵件或快遞其中之一的方式寄達，但後者郵資較高。

(C)《either A or B》A或B其中之一

2. 及物動詞之後接續動名詞／不定詞題型

後面要接「動名詞」？還是接「不定詞」？

及物動詞後接受詞。受詞通常是名詞（片語），但若想接動詞也可以「動名詞」或「不定詞」的形式來連接。

該接續動名詞還是不定詞

(1) 後方只能接「動名詞」的及物動詞
(2) 後方只能接「不定詞」的及物動詞
(3) 後方能接「動名詞」和「不定詞」，且兩者語意相同的及物動詞
(4) 後方能接「動名詞」和「不定詞」，但兩者語意不相同的及物動詞

如上述，是由及物動詞來決定的。

會在多益考試中出現的主要是(1)和(2)，(3)和(4)則幾乎不會出題。

(1)後方只能接「動名詞」的及物動詞

多益常見的此類及物動詞有consider「考慮」、enjoy「喜愛」、avoid「避免」……等等。

❷ 後方只能接「動名詞」的及物動詞題型

The Japanese government should consider ------- several measures to facilitate exports.

(A) to take (B) taken (C) taking (D) take

Ch1
詞性

Ch2
形動
態詞

Ch3
代名詞

Ch4
不定詞
to

Ch5
關係代名詞

Ch6
介系詞

Ch7
連接詞

Ch8
去現
分在
詞過分

Ch9
當選
副擇
詞適

Ch10
動介
名系詞詞
+

Ch11
最比
高較級級
與

Ch12
其他類

Ch13
第6大題

新制多益
出題重點

consider ------- several measures
　↑ 後方只能接「動名詞」的及物動詞

詳解

空格之前有及物動詞consider。及物動詞consider「考慮」之後若想再
接有動詞功能性的詞，只能使用動名詞，因此(C) taking為正確答案。

——答案 (C) taking

翻譯

日本政府應該要考慮採取幾項新方針以促進出口。
(C)拿、取《動名詞》

(2)後方只能接「不定詞」的及物動詞

多益常見的此類及物動詞有expect「期待」、encourage「鼓勵」、
allow「允許」……等等。這些詞大多以expect+人+to do、encourage+
人+to do及allow+人+to do的形式來使用。

❸ 後方只能接「不定詞」的及物動詞題型

All auto makers expect ------- double-digit growth in sales next
year.

(A) seeing (B) to see (C) see (D) seen

新制多益
出題重點

expect ------- double-digit growth
　↑ 後方只能接「不定詞」的及物動詞

詳解

空格之前為expect。及物動詞expect「期待」之後若想再接有動詞功能性的詞，只能使用不定詞，因此(B) to see為正確答案。

——答案 (B) to see

翻譯

所有汽車製造商都期待看見明年銷售額能有兩位數的成長。

(B) 看見《不定詞》

Ch1
詞
性

Ch2
形動
態詞

Ch3
代
名
詞

Ch4
不
定
詞
to

Ch5
關
係
代
名
詞

Ch6
介
系
詞

Ch7
連
接
詞

Ch8
去詞現
分和在
詞過分

Ch9
當選
副擇
詞適

Ch10
動介
名系
詞詞
+

Ch11
最比
高較
級級
與

Ch12
其
他
類

Ch13
第
6
大
題

3. 表示建議、要求、推薦的動詞所接續that子句內的動詞形態

基礎文法知識

表示建議、要求、推薦的動詞有 **suggest, propose, advise, require, request, demand, recommend, ask**（表require語意時）等。這些動詞接續的**that**子句內，動詞為原形。而英式英語中使用的則是＜should+原形動詞＞，但此用法幾乎不會出題。

suggest + that子句　　　　　「（保守地）建議」
propose + that子句　　　　　「（積極地）建議」
advise + that子句　　　　　　「建議、忠告」
require + that子句　　　　　　「要求」
request + that子句　　　　　　「請求」
demand + that子句　　　　　　「要求」
recommend + that子句　　　　「推薦」
ask + that子句　　　　　　　　「要求」
　　　　　　　　　　　　　　　※that子句中使用原形動詞時表「要求」

❹ 考that子句內動詞部分的題型

Some economists proposed that the government ------- measures to increase exports.

(A) took　(B) takes　(C) take　(D) taking

proposed | that | the government ------- measuress
　　　　　　　　　　　　S　　　　　　　　　V
└ 使用了表建議的動詞

詳解

此句的動詞proposed是表建議的動詞，因此接續的that子句內的動詞
為原形。正確答案為(C) take。proposed「建議了」使用過去式，千
萬不要想著要時態一致而誤選過去式的(A) took，請多加注意！

——答案 (C) take

翻譯

有一些經濟學者建議政府想辦法增加出口量。
(C)拿、取《原形動詞》

Ch1
詞性

Ch2
形容詞動態詞

Ch3
代名詞

Ch4
不定詞
to

Ch5
關係代名詞

Ch6
介系詞

Ch7
連接詞

Ch8
去詞現分詞和在分過詞分

Ch9
當選副詞擇適詞

Ch10
動介名詞系詞+

Ch11
最比高較級級與

Ch12
其他類

Ch13
第6大題

練習題
大挑戰
12

不可放過的「其他類」題型

1　Advance tickets sales can be done ------- online or at the theater's main box office between 9 A.M. and 5 P.M.

(A) beyond (B) between (C) neither (D) either

2　Anyone that is willing to work ------- the Christmas and New Year holidays will be eligible for overtime work rates.

(A) either (B) between (C) with (D) so that

3　As the current number of staff cannot handle recent volumes of customers, we may need to consider ------- more workers for the showroom.

(A) to hire (B) hiring (C) hire (D) hired

4　The company security guidelines require that parking permits ------- valid and clearly displayed when entering the facility.

(A) are (B) to be (C) be (D) is

5　I enjoyed ------- many of our colleagues when visiting the head office in Copenhagen last month.

(A) seeing (B) to see (C) see (D) have seen

1. (D)　2. (B)　3. (B)　4. (C)　5. (A)

詳解及翻譯

問題1.

詳解

選項中有between、neither、either，我們即可推測此題為考between A and B「在A和B之間」、neither A nor B「A和B皆不……」、either A or B「A或B其中之一」等用法的題型。在空格之後看到了or，因而得知是either A or B的用法，正確答案為(D) either。

翻譯

你可以在網路上或在早上九點至下午五點於電影院的主售票窗口購買預購票。

(D)《either A or B》A或B其中之一

問題2.

詳解

選項中有either和between，我們即可推測此題為考either A or B「A或B其中之一」、between A and B「在A和B之間」等用法的題型。在空格之後看到了and，因此答案為(B) between。

翻譯

任何願意在聖誕節和新年期間工作的人將有資格得到加班費。

(B)《between A and B》在A和B之間

Ch1
詞性

Ch2
形態詞

Ch3
代名詞

Ch4
不定詞to

Ch5
關係代名詞

Ch6
介系詞

Ch7
連接詞

Ch8
去詞現分和在過分

Ch9
當副詞選擇適

Ch10
動名詞介系詞＋

Ch11
最高級與比較級

Ch12
其他類

Ch13
第6大題

問題3.

詳解

空格前有及物動詞consider「考慮」。及物動詞之後接受詞,但consider之後不能接不定詞,而必須以動名詞接續,即動名詞(B) hiring為正解。

翻譯

現在的員工人數無法應付近期的顧客量,我們可能須要考慮雇用多一點展示廳的員工。

(B)雇用《動名詞》

問題4.

詳解

空格前有表達要求的動詞require「要求」。像require這樣表要求、建議、命令的動詞接續的that子句,其中的動詞使用原形。be動詞的原形為be,因此(C) be為正確答案。

翻譯

那間公司的安全指導守則要求進入設施時必須清楚出示有效的停車證。

(C)是《原形動詞》

問題5.

詳解

空格前為及物動詞enjoyed「喜愛」。enjoy之後不能使用不定詞,而是要接續動名詞,因此動名詞的(A) seeing為正確答案。

翻譯

在上個月拜訪位於哥本哈根的總公司時,我很開心見到了許多同事。

(A)見到《動名詞》

CHAPTER 13

「第6大題」題型的
100%超攻略

- 一起練習在8分鐘內解決第六大題全部的題目吧！

- 基本上第六大題的應對方法與第五大題大致相同。但需注意不要花費過多的時間。

- 新制多益增加了於空格中填入句子的題型。

改制後，題數增加

多益考試第六大題的題型為英文短文中有數個空格，考生必須從選項中選出各自適合的語句填入空格中。

多益改制之後，題數改為1篇文章有4個問題（4個空格），全部有四篇文章，共16題。

另外，選擇合適句子填入空格的題型，每1篇文章就有1題。

第6大題的解題時間為8分鐘！

多益閱讀部分（第5、6、7大題）解題時間要控制在75分鐘以內，考慮到第5、第7大題需要的時間，第6大題被分配到的時間為8分鐘。如上述，第6大題共4篇文章（16題），也就是每1題約有2分鐘的解題時間。

第6大題的時間分配

1題 **2分鐘**

第6大題在 **8分鐘** 內作答完畢

在第6大題也能用上第5大題的知識

第6大題出題趨勢基本上與第5大題相同。必須記住的文法重點可藉由本書第5大題的各項目分類各別擊破。

Ch1
詞性

Ch2
形容詞動態

Ch3
代名詞

Ch4
不定詞 to

Ch5
關係代名詞

Ch6
介系詞

Ch7
連接詞

Ch8
現在分詞和過去分詞

Ch9
選擇適當副詞

Ch10
動名詞+介系詞

Ch11
比較級與最高級

Ch12
其他類

Ch13
第6大題

第6大題的題型　1篇文章有4個題目（空格）

文章

選擇填入空格的單字或句子

1.

2.

3.

4.

選項集中在文章下方

也會有插入句子的題型

1. (A) ＿＿＿
   (B) ＿＿＿
   (C) ＿＿＿
   (D) ＿＿＿

3. (A) ＿＿＿
   (B) ＿＿＿
   (C) ＿＿＿
   (D) ＿＿＿

2. (A) ＿＿＿
   (B) ＿＿＿
   (C) ＿＿＿
   (D) ＿＿＿

4. (A) ＿＿＿＿＿ .
   (B) ＿＿＿＿＿ .
   (C) ＿＿＿＿＿ .
   (D) ＿＿＿＿＿ .

第6大題和第5大題相同，單字、片語題型佔了4成左右，多的時候可至5成。考出的單字及片語與第5大題相近，可將第5大題學習到的內容活用於此。

舉例與第5大題相異的題型

❶ 有連接詞作用的副詞

第5大題的題目為1個句子，因此連接句子和句子、有連接詞作用的副詞幾乎不會出現在題目中，但第6大題的題目是有數個段落的文章，這時就會考到連接句子及句子，有連接詞功用的副詞了。這些詞叫做連接副詞，有時可能還是會有較難的單字出現，但我們可以先把接下來舉例的基本連接副詞記起來！

有連接詞功用的副詞（連接副詞）

含有S + V的句子 _____

_____

連接副詞 ， _____含有S + V的句子_____ .

大多是將此處空下來，
請考生選擇連接副詞的題型

216

Ch1
詞性

Ch2
形動
態詞

Ch3
代名
詞

Ch4
不定
詞to

Ch5
關係代名詞

Ch6
介系詞

Ch7
連接詞

Ch8
去詞現
分和在
詞過分

Ch9
當選
副擇
詞適

Ch10
動介
名系
詞詞
+

Ch11
最比
高較
級級
與

Ch12
其他
類

Ch13
第
6
大
題

基礎文法知識 ✏️

有連接詞功用的副詞（連接副詞）舉例

therefore	因此、因而
accordingly	照著、相應地
consequently	結果、因此
meanwhile	在此期間、同時
moreover	而且、此外
additionally	此外、另外
however	然而、可是
nevertheless	不過、仍然

---

❷ 句子插入題型

　　若沒有理解文章整體的內容是解不了句子插入題型的，因此可以在作答完其他三題之後，也就是最後再作答此類題型也沒關係。

　　特別是在文章前半部就出現句子插入題型的話，還無法理解只閱讀了一點的文章內容，這時可以等到閱讀完能理解文章整體程度的長度之後，再回到一開始的句子插入問題。若有分段，則也可以段落做為決定要閱讀到哪裡再作答的標準。

　　若句子插入的問題出現在文章的後半，在閱讀文章的同時，建議從一開始依順序作答即可有效減少所費時間。

　　而目標為高分的考生中應該會有人想過「放棄句子插入題」。

　　但第6大題的句子插入題比起第7大題來説，不僅文章比較短，使用到的單字也不難，因此鼓勵大家還是試著挑戰看看吧！

　　第7大題有很多難應付的題目，甚至有「必須捨棄的題目」。閱讀部分的100題題目中，不管答對哪個題目得分的比重皆相同，因此盡量將第6大題全部作答完畢不是比較好嗎？

句子插入題型

文章前半部出現句子插入題型時

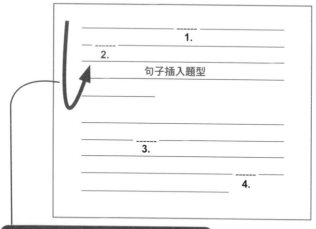

在抓到文章重點之前先閱讀到一定程度，再回到句子插入題型的部分

文章後半部出現句子插入題型時

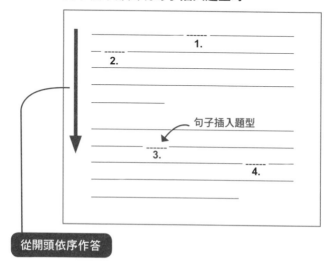

從開頭依序作答

Ch1 詞性

Ch2 形動態詞

Ch3 代名詞

Ch4 不定詞 to

Ch5 關係代名詞

Ch6 介系詞

Ch7 連接詞

Ch8 去詞現分和在詞過分

Ch9 當選擇適副詞

Ch10 動介系名詞 +

Ch11 最比高較級與

Ch12 其他類

Ch13 第6大題

練習題
大挑戰
13
考「第6大題」的題型

Question 1-3 refer to the following article.

> **Welling Times – Business News**
> --October 15—
>
> Oscar Lewis has been promoted to Chief Editor of the Wellington Times.
> The board of directors ------- the promotion on Monday. -------
> 　　　　　　　　　　　　1.　　　　　　　　　　　　　2.
>
> In his new position, he will oversee both the business news section and the Cultural Heritage publications. -------, he will be in charge of operations for the Wellingtontimes.com, the
> 　　　　　　　　　3.
> newspaper's online edition.
>
> Mr.Lewis is the staff member who organized the content of Wellingtontimes.com and the concert series held last year -------
> 　　　　　　　　　　　　　　　　　　　　　　　　　　　　　　4.
> the launch of this popular online publication.

1　(A) intended　　(B) diversified
　　(C) instructed　(D) approved

2　(A) The board would like to welcome Mr. Lewis to his new position.
　　(B) The newspaper is willing to accept an offer from another firm.

(C) Applicants are invited to apply for this position until Monday.

(D) Mr. Lewis was a valued member of the newspaper's advertising team.

3
(A) Additionally
(B) Otherwise
(C) Rather
(D) However

4
(A) kick off
(B) to kick off
(C) were kicked off
(D) are kicking off

Ch1
詞性

Ch2
形動態詞

Ch3
代名詞

Ch4
不定詞to

Ch5
關係代名詞

Ch6
介系詞

Ch7
連接詞

Ch8
去詞分和在詞過分

Ch9
當選副詞適

Ch10
動介名系詞詞+

Ch11
最比高較級與

Ch12
其他類

Ch13
第6大題

解答

1. (D)　2. (A)　3. (A)　4. (B)

詳解及翻譯

詳解

1.

　　開頭第一句為「Oscar Lewis被升職為Wellington Times的總編輯」，接下來一句含有空格的句子「董事會星期一……這個晉升」說明了升職的事實（the promotion），填入空格部分能使語意通順的為(D) approved「同意」。

2.

　　此為句子插入的題型。若像此題，**於文章開頭就出現句子插入題型的話，由於尚未把握文章重點，所以先繼續閱讀文章至一半處再回過頭作答**較佳。

　　空格前先說了「董事會星期一同意了這個晉升」，接下來第二段則是說明職務內容。因此空格部分(A)的The board would like to welcome Mr. Lewis to his new position.「董事會歡迎Lewis先生至他的新職位」能將語意連接起來。

　　選項中的(B) (C)與董事會同意升職一事的前提相牴觸。

　　而(D)與文章最後一句Lewis先生的經歷不符合，即不為正解。

3.

　　前有S+V句子，空格之後為逗號，逗號之後接的也是S+V句子，因此可以推測此題為「有連接詞功用的副詞（連接副詞）題型」。

空格之前的句子為「於此新職位，他將監督商業新聞版及文化遺產相關出版物」，空格後則為追加的職務內容「負責營運Wellingtontimes.com的線上版報紙」，能連接這兩者又能使語意相通的即是(A) Additionally「同時、此外」。

4.

文章的最後一句句子長度較長，基本上為S+V+C（主詞+動詞+補語）接續修飾語的形式。

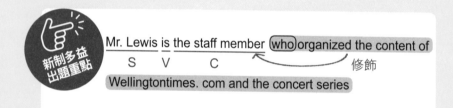

Mr.Lewis is the staff member為S+V+C形式，關係代名詞who之後的句子修飾了the staff member。這部分的中譯為「Lewis先生是規畫Wellingtontimes.com內容及演奏會系列的員工。」

此句下半的結構如以下所示。

held「開辦」為過去分詞，修飾the concert series。
至last year 為止，內容為「去年開辦的演唱會系列」。

練習題

Ch1
詞性

Ch2
形動態詞

Ch3
代名詞

Ch4
不定詞to

Ch5
關係代名詞

Ch6
介系詞

Ch7
連接詞

Ch8
去詞現分和在詞過分

Ch9
當選副詞擇適

Ch10
動介系詞+名詞

Ch11
最比較高級級與

Ch12
其他類

Ch13
第6大題

而空格4填入to不定詞用法的(B) to kick off的話，會帶有「**為了……」語意（副詞用法）**，使句子成為「**為了發表**此項人氣網路刊物而開辦的演奏會系列」語意通順。

翻譯

題目**1-4**請看以下文章。

Welling Times – 商業新聞
--10月15日一

Oscar Lewis被升職為Wellington Times的總編輯。
董事會於星期一同意了這個晉升，且歡迎Lewis先生到任他的新職位。

在他接任新職位後，他將他將監督商業新聞版及文化遺產相關出版物，此外，他還將負責營運Wellingtontimes.com的線上版報紙。

Lewis先生是規畫Wellingtontimes.com內容及為了發表此項人氣網路刊物而開辦的演奏會系列的員工。

1　(A) 計畫　　(B) 多樣化
　　(C) 指示　　**(D) 同意**

2 **(A)** 董事會歡迎Lewis先生至他的新職位。
(B) 報社樂意接受其他報社的提議。
(C) 本職位的申請截至星期一為止。
(D) Lewis先生為新聞廣告小組相當重要的成員。

3 **(A)** 此外
(B) 否則
(C) 寧願
(D) 然而

4 (A) 開始
(B) 為了開始
(C) 被開始
(D) 正在開始

注釋

be promoted to...（被升職到……）   chief editor（總編）
the board of directors（董事會）   oversee（監督）
Culture Heritage（文化遺產）   publication（出版物）
in charge of...（負責……）
operation（運作、實施）   organize（安排、規畫）
hold（舉行）   launch（開辦、發起）

---

be willing to...（願意……、樂意……）
accept（接受）   firm（公司、事務所）
applicant（申請人）   invite（邀請、徵求）
apply for...（申請……）   valued（重要的）
advertising（廣告）

練習題

Ch1 詞性
Ch2 形動態詞
Ch3 代名詞
Ch4 不定詞 to
Ch5 關係代名詞
Ch6 介系詞
Ch7 連接詞
Ch8 去現分在詞和過分
Ch9 當選副擇詞適
Ch10 動介名系詞詞+
Ch11 最比較高級與級
Ch12 其他類
Ch13 第6大題

Question 5-8 refer to the following e-mail.

To: Stephen Swan <sswan@global.au>
From: <djworkwearcustomerservise@djww.com>
Date: February 6
Subject: Your recent purchase

Dear Customer,

Thank you for your recent purchase. We appreciate your ------- 5. of DJ's Workwear's online store. We sincerely hope that you are happy with both the price and quality of our merchandise.

If for any reason you are not completely ------- 6. , we invite you to return any products for a full refund within 15 days of the time the order was received.

Refund requests can be made at our website. Please visit www.djworkwear.com and print a request for refund form. The, send it to us with your merchandise in its original packaging. ------- 7.

Once again, thank you for choosing our store for your shopping needs. We will do our ------- 8. to provide you with superior service at competitive prices.

Sincerely,

Customer Service Team

5

(A) participation

(B) patronage

(C) cooperation

(D) innovation

6

(A) satisfied

(B) satisfying

(C) to satisfy

(D) satisfactory

7

(A) All products are made from high-quality parts.

(B) It generally takes two to three weeks for a refund to be processed.

(C) Please let us know when you would like the item to be sent.

(D) Some manufacturing defects are caused by machine operators.

8

(A) diligence

(B) effort

(C) utmost

(D) mandate

練習題

Ch1
詞性

Ch2
形態
動詞

Ch3
代名詞

Ch4
不定詞
to

Ch5
關係代名詞

Ch6
介系詞

Ch7
連接詞

Ch8
去詞現
分和在
詞過分

Ch9
當選
副擇
詞適

Ch10
動介
名系詞
詞＋

Ch11
最比
高較級與

Ch12
其他類

Ch13
第6大題

解答

5. (B)　6. (A)　7. (B)　8. (C)

詳解及翻譯

詳解

5.

　　此為考字彙的題型。從第一段第2句的We appreciate your…可以推測此為向顧客道謝的文章。選項中填入空格能使語意通順的只有(B)的patronage「惠顧、光顧」。

　　We appreciate your patronage.及**Thank you for your patronage.**等句子是向顧客寫信時時常使用到的說法，除了開頭之外，也常置於信件結尾。

6.

　　選項中排列著動詞satisfy「使滿足」的各類形式。主詞為You，動詞部分則是are not-------，考慮到主詞與動詞意義之間的關係，應該是「若未使您感到被滿足的話」這樣「被……」的語意，因此被動語態的(A) satisfied為正確答案。

　　由於are not satisfied 的not與satisfied之間還多了一個副詞completely，對文法還不夠熟練的人可能會被這個副詞迷惑，其實只要注意completely之外的部分就能看出此題只是**考主動語態與被動語態的簡單題型**。

7.

　　此為句子插入的題型。若此類題型出現在文章後半，比起出現在前半，較易了解文章內容走向，所以也較易作答。考生可以在整理文

章內容時好好斟酌選項。

空格7.所在的第三段說明了退款的具體方式。這時只要將有關退款的句子(B)「退款處理通常需花費2～3週」填入空格即可使語句通順。

8.

此為考字彙的題型。前一句以thank you for choosing our store for your shopping needs.向顧客道謝了。包含空格的此句句子為整封電子郵件的總結。填入(C) 的名詞utmost「極限、極度」的話，全句中譯為「我們將盡力提供您便宜又優秀的服務。」語意通順。

形容詞的utmost則常用於utmost effort「最大的努力」，應該有考生會因此誤選(B)的effort。但effort不會使用do effort的說法，一般都是**make an effort**用法較為常見。

翻譯

題目5-8請看以下文章。

收件者：	Stephen Swan <sswan@global.au>
寄件者：	<djworkwearcustomerservise@djww.com>
日期：	February 6
主旨：	Your recent purchase

親愛的顧客，

感謝您最近的購買。謝謝您光顧 DJ's Workwear網路商店. 我們誠摯地希望您能滿意商品的價錢及品質。

Ch1
詞性

Ch2
形容詞動態詞

Ch3
代名詞

Ch4
不定詞 to

Ch5
關係代名詞

Ch6
介系詞

Ch7
連接詞

Ch8
去詞現分詞和在過分詞

Ch9
當副詞選擇適

Ch10
動名詞介系詞+

Ch11
最高級比較級與

Ch12
其他類

Ch13
第6大題

若因任何原因導致您對商品不甚滿意，在收到商品15天以內寄還即可得到全額退款。

退貨申請可於本店網站辦理，請見www.djworkwear.com並將退貨表格列印後，與商品一起以原包裝寄回本店。

再次感謝選擇於本店購物，我們將盡力提供您便宜又優秀的服務。

謹致，

客服團隊

5   (A) 參加
       (B) 光顧
       (C) 合作
       (D) 創新

6   **(A) 滿意了**
       (B) 滿意的
       (C) 為了滿意
       (D) 令人滿意的

7   (A) 所有的商品都是由高品質的零件製成。
       (B) 退款處理通常需花費2～3週。
       (C) 請告知我們您希望商品寄出的時間。
       (D) 有一些製造上的瑕疵是由機械作業員造成的。

8 (A) 勤奮
(B) 努力
(C) 極度
(D) 委任

注釋

recent（最近的）

appreciate（對……非常感謝、感激）

sincerely（真誠地、誠摯地）

completely（完全地、徹底地）

refund（退款、退還）

superior（優越的）

competitive（競爭的、具競爭力的）

purchase（購買物、購買）

merchandise（商品、貨物）

invite（請求、邀請）

provide（提供）

generally（通常、普遍地）

defect（瑕疵）

process（處理）

cause（造成）

NOTE

Ch1 詞性

Ch2 形態動詞

Ch3 代名詞

Ch4 不定詞 to

Ch5 關係代名詞

Ch6 介系詞

Ch7 連接詞

Ch8 去詞現和過分詞分在過分

Ch9 選擇適當副詞

Ch10 介系詞+動名詞

Ch11 比較級與最高級

Ch12 其他類

Ch13 第6大題

定價：台幣 599 元 / 港幣 200 元
1 書 / 25 開 / 雙色 / 頁數：448 頁

捷徑文化 出版事業有限公司
Royal Road Publishing Group
購書資訊請電洽：(02)27525618

TOEIC® 新多益考試

文法、單字、片語
一擊必殺

你發現了嗎？
新制多益只是
**題型微調，
本質不變！**

新制多益到底有什麼
不一樣？

聽力測驗

★由2人對談增加為3人對談
★增加考驗理解力的句意分析
★增加邊聽邊看的圖表題型

閱讀測驗

★不只單字，還有句子填空
★增加通訊軟體訊息閱讀題
★增加長篇閱讀文章題數

原來如此 系列 E188

中村澄子老師的新制TOEIC 閱讀：
句子填空、段落填空100%取分超攻略！

有了這本多益閱讀考題高分秘笈，就算考試改制也不需擔心！

作 者	中村澄子（なかむら・すみこ）◎著	
譯 者	黃均亭	
顧 問	曾文旭	
總 編 輯	王毓芳	
編輯統籌	耿文國、黃璽宇	
主 編	吳靜宜	
執行主編	姜怡安	
執行編輯	黃筠婷	
美術編輯	王桂芳、張嘉容	
文字校對	陳其玲	
法律顧問	北辰著作權事務所　蕭雄淋律師、幸秋妙律師	

初 版	2018年07月
出 版	捷徑文化出版事業有限公司
電 話	（02）2752-5618
傳 真	（02）2752-5619
地 址	106 台北市大安區忠孝東路四段250號11樓-1

定 價	新台幣380元／港幣127元
產品內容	1書

總 經 銷	采舍國際有限公司
地 址	235 新北市中和區中山路二段366巷10號3樓
電 話	（02）8245-8786
傳 真	（02）8245-8718

港澳地區總經銷　和平圖書有限公司	
地 址	香港柴灣嘉業街12號百樂門大廈17樓
電 話	（852）2804-6687
傳 真	（852）2804-6409

TOEIC® L&R TEST PART5, 6 Kouryaku
by Sumiko Nakamura
Copyright © 2017 Sumiko Nakamura
Complex Chinese translation copyright ©2018 by Royal Road Publishers
All rights reserved.
Original Japanese language edition published by Diamond, Inc.
Complex Chinese translation rights arranged with Diamond, Inc.
through jia-xi books co., ltd.

國家圖書館出版品預行編目資料

中村澄子老師的新制TOEIC閱讀：句子填空、段落填空100%超攻略！／中村澄子著；黃均亭翻譯. -- 初版. -- 臺北市：捷徑文化, 2018.07
　面；　公分（原來如此：E188）
ISBN 978-957-8904-22-4(平裝)

1. 多益測驗

805.1895　　　　　　　　107003465